Kaamelott, Livre II
Deuxième partie

ALEXANDRE

ASTIER

KAAMELOTT

Livre II, deuxième partie

Épisodes 51 à 100

J'AI LU

Ces textes sont les scripts originaux destinés,
lors du tournage de la première saison,
aux acteurs et aux techniciens de Kaamelott.
Toutes les modifications de dernière minute apportées
à ces textes sur le plateau (changements de réplique, de
décor, de personnage, coupes diverses, improvisations…)
n'apparaissent pas dans cet ouvrage.

Sommaire

Liste des personnages

par ordre d'apparition

ARTHUR †, Roi de Bretagne
GUENIÈVRE, Reine de Bretagne
PÈRE BLAISE, prêtre chrétien
GALESSIN †, Duc d'Orcanie
BOHORT †, Roi de Gaunes*
LANCELOT †, Chevalier du Lac
CALOGRENANT †, Roi de Calédonie
LÉODAGAN †, Roi de Carmélide, père de Guenièvre
PERCEVAL †, Chevalier du pays de Galles
LE TAVERNIER
KARADOC †, Chevalier de Vannes
MERLIN, Enchanteur
LE ROI BURGONDE
SÉLI, mère de Guenièvre
CAIUS CAMILLUS, Centurion romain
FEARMAC
MEVANWI, femme de Karadoc
LE CHEF MAURE
LE JEUNE MAURE
LE MAÎTRE D'ARMES
ANGHARAD, suivante de Guenièvre
YVAIN †, Chevalier au Lion, frère de Guenièvre
GAUVAIN †, neveu d'Arthur
DEMETRA, maîtresse d'Arthur
AZILIZ, maîtresse d'Arthur
TUMET, maîtresse d'Arthur
LE RÉPURGATEUR, inquisiteur chrétien
YGERNE DE TINTAGEL, mère d'Arthur

** Le symbole † indique qu'il s'agit d'un Chevalier de la Table Ronde.*

Guethenoc, paysan
Roparzh, paysan
Belt, paysan
Venec, marchand
Kadoc, frère de Karadoc
la Dame du Lac, Fée
Grüdü, guerrier
Tegeirian
Hervé de Rinel †, Chevalier
Herveig
Torri

Livre II

51
Arthur In Love

A. Astier

3 CORS

1. EXT. PLACE DE LA CHAPELLE - JOUR

Arthur discute avec sa femme, à table.

Guenièvre — Vous savez ce que le Seigneur Bohort a offert à sa mère pour son anniversaire ?

Arthur — Non.

Guenièvre — Des fleurs !

Arthur — Eh ben ?

Guenièvre — Mais c'est ridicule ! Pourquoi pas une botte de carottes ? Il paraît que c'est les Romains qui font ça…

Arthur — C'est vrai.

Guenièvre — Les femmes d'ici, elles comprennent pas qu'on leur offre ça ! Moi, même pour me dire qu'on m'aime, j'aimerais pas recevoir des fleurs !

Arthur — Ben, je vous en offre pas, moi. Tout va bien.

Il se lève et s'en va.

OUVERTURE

2. EXT. ARBRE MILLÉNAIRE – JOUR

ARTHUR, respirant profondément, savoure un peu de calme auprès de son arbre. Au loin, il distingue une silhouette féminine qui s'approche. ARTHUR, charmé, regarde la jeune femme avancer vers lui.

TEGEIRIAN — Vous travaillez au château ?

ARTHUR *(pris de court)* — Heu… si on veut, oui.

TEGEIRIAN — On a le droit de se promener dans les jardins ?

ARTHUR — Normalement, non. Les gardes vous ont laissé passer ?

TEGEIRIAN — Je sais pas, j'ai pas vu de gardes…

ARTHUR encaisse cette information trop fréquente.

TEGEIRIAN — Sinon, je m'en vais, c'est pas grave !

ARTHUR — Non mais c'est bon. Vous voulez vous asseoir ?

TEGEIRIAN s'assied. Tous les deux restent cois. ARTHUR se tourne pour regarder le visage de la jeune femme.

3. INT. SALLE DE LA TABLE RONDE – JOUR

ARTHUR a convoqué GUETHENOC.

ARTHUR — Je voudrais que vous planchiez sur un truc.

GUETHENOC — Quel genre de truc ?

ARTHUR — Vous êtes balaise en fleurs ?

GUETHENOC — Balaise en fleurs ? Qu'est-ce que ça veut dire, ça ?

ARTHUR — Je vais pas y aller par quatre chemins, c'est pour une femme. Je voudrais lui offrir des fleurs.

GUETHENOC — Lui offrir des fleurs ? Mais qu'est-ce que c'est comme femme ? Une chèvre ?

ARTHUR — Non mais attendez, je suis pas en train de vous demander ce que vous en pensez !

GUETHENOC — Vous voulez pas lui offrir un fromage, plutôt ? Ou une botte de radis ?

ARTHUR — Écoutez, tout ce que je peux vous dire, c'est qu'à Rome — alors ils sont moins bourrins qu'ici question sentiments, c'est sûr — ça se fait beaucoup.

GUETHENOC — À Rome, ils s'offrent des fleurs ?

ARTHUR — Exactement.

GUETHENOC — Eh ben je suis pas près d'y foutre les pieds, à Rome !

ARTHUR — En tout cas, je voudrais offrir à cette personne une fleur spéciale. Une fleur que vous aurez créée, éventuellement en en croisant deux existantes ou autre.

GUETHENOC — Mais Sire, vous croyez vraiment que j'ai que ça à foutre, de croiser des fleurs ?

ARTHUR — Vous ferez ce que je vous dis et puis c'est tout ! Et tâchez de me bricoler un joli truc, hein !

GUETHENOC — Quand je pense au boulot que j'ai, Sire ! Vous me tuez, là, avec vos histoires !

ARTHUR — Et grouillez-vous, c'est pressé !

GUETHENOC — Au moins, offrez-lui des fleurs à la con ! Là, c'est facile, vous comprenez ? Je vous en coupe un tas comme ça et c'est bon ! Même, je vais vous dire : vous lui offrez une brouette et je vous la remplis à ras de fleurs.

ARTHUR — Fleur, unique, belle, vite. J'ai besoin d'exprimer mon transport.

GUETHENOC — Pour le transport, vaut mieux une brouette !

4. EXT. ARBRE MILLÉNAIRE – JOUR

ARTHUR et TEGEIRIAN sont assis sur le banc.

TEGEIRIAN — Vous l'avez déjà vu, le Roi Arthur ?

ARTHUR *(pris de court)* — Heu… Je l'ai croisé.

TEGEIRIAN — Alors ? Il est gentil ?

ARTHUR — Gentil… Je sais pas. Pas plus que ça, non. Qu'est-ce que vous appelez « gentil » ?

TEGEIRIAN *(haussant les épaules)* — Un peu comme vous…

Ils se regardent, puis, un peu gênés, détournent les yeux.

ARTHUR — Vous aimez les fleurs ?

TEGEIRIAN — Oui… une fois de temps en temps, ça change.

ARTHUR *(sans comprendre)* — Qu'est-ce que vous pensez de celle-ci ?

ARTHUR donne une magnifique fleur à TEGEIRIAN.

TEGEIRIAN *(impressionnée)* — Ho, qu'est-ce qu'elle est belle ! C'est la première fois que j'en vois une comme ça !

ARTHUR — C'est normal, elle est unique. Elle a été greffée pour vous.

TEGEIRIAN — Vous êtes vraiment adorable. *(regardant autour, derrière Arthur)* Vous en avez pas pris pour vous ?

ARTHUR — Non... non, c'est pour vous.

TEGEIRIAN — Ah bah merci.

Sous le regard médusé d'ARTHUR, TEGEIRIAN mange la fleur.

FERMETURE

5. INT. SALLE DE LA TABLE RONDE – JOUR

GUETHENOC est revenu avec une nouvelle variété.

GUETHENOC — Regardez si elle est jolie, celle-là ! Ah moi, sans rire, je me suis pris d'affection pour la greffe ! Ça lui a plu, à la jeune ?

ARTHUR — Ça... Ça a eu l'air, oui...

GUETHENOC — Ce qui est dommage avec les fleurs, c'est que ça dure pas longtemps.

NOIR

ARTHUR *(OVER)* — Ah oui, ça, je vous confirme.

52
Excalibur Et Le Destin

A. Astier

3 CORS

1. INT. SALLE D'ARMES – JOUR

Arthur et le Maître d'Armes s'apprêtent à commencer leur séance d'entraînement.

Le Maître d'Armes — Allez ma petite danseuse ! Venez donc vous faire câliner !

Il se met en garde.

Arthur — Commencez pas avec vos conneries !

Le Maître d'Armes — Allez, allez ! Ça stimule l'entraînement, Sire ! En garde, ma biquette ! Je vais vous découpez le gras du cul, ça vous fera ça de moins à trimbaler !

Arthur dégaine Excalibur, passablement agacé.

Le Maître d'Armes *(baissant sa garde, admiratif)* — Ah…

Arthur *(surpris)* — Eh ben quoi ?

Le Maître d'Armes — L'épée magique, c'est de la triche mais ça a quand même une sacrée gueule.

OUVERTURE

2. INT. SALLE D'ARMES – JOUR

ARTHUR et LE MAÎTRE D'ARMES terminent une passe. ARTHUR donne son épée à un écuyer qui la saisit par la lame avec une étoffe pour ne pas se brûler.

LE MAÎTRE D'ARMES — Vous faites une pause maintenant ? On commence juste à être chauds !

ARTHUR — Oui bah voilà : on commence à être chauds, je fais une pause.

LE MAÎTRE D'ARMES *(s'approchant de l'écuyer)* — Mais… Comment ça se fait qu'elle flamboie plus ?

ARTHUR — Qu'est-ce qui flamboie plus ?

LE MAÎTRE D'ARMES — Excalibur ! Regardez, on dirait une épée normale…

ARTHUR — Oui, c'est parce que personne la tient. Comment je ferais, sinon ? Je cramerais tout, je pourrais jamais la poser.

LE MAÎTRE D'ARMES *(admiratif)* — Cette arme est décidément un allié extraordinaire…

ARTHUR — C'est bien foutu, hein ?

LE MAÎTRE D'ARMES — Sire, oserais-je…?

ARTHUR *(devinant)* — Vous voulez la prendre ?

LE MAÎTRE D'ARMES *(très excité)* — Oh, c'est affreusement pré-somptueux…

ARTHUR — Non, non, allez-y, prenez-là.

LE MAÎTRE D'ARMES — Sire… C'est un honneur !

Il prend Excalibur mais l'arme reste inerte.

LE MAÎTRE D'ARMES — Ah… Ça flamboie pas.

ARTHUR — Qu'est-ce que vous avez foutu, vous me l'avez pétée ?

LE MAÎTRE D'ARMES — Mais pas du tout !

ARTHUR — Faites voir !

Il saisit l'épée. Elle s'active.

ARTHUR — Ah bah, elle est pas mal, celle-là…

Il la repasse au MAÎTRE D'ARMES. Elle s'éteint.

LE MAÎTRE D'ARMES *(après une seconde)* — Je saurais pas vous dire pourquoi mais ça me vexe, un peu…

3. INT. SALLE D'ARMES – JOUR

ARTHUR s'entraîne avec KARADOC. Celui-ci est passablement essoufflé tandis qu'ARTHUR s'ennuie et mange une pomme de la main qui ne tient pas Excalibur.

KARADOC — Ça va, Sire ? Vous tenez le coup ?

ARTHUR — Bah, je m'accroche.

KARADOC — J'aime bien faire mes entraînements avec vous parce qu'on a chacun un style bien défini.

ARTHUR — Ah bon ?

KARADOC — Vous, j'ai remarqué, vous êtes fort en attaque.

ARTHUR — … alors que vous, finalement, à part l'attaque, il y a que la défense qui pèche.

KARADOC — Ben ouais, parce que j'ai plutôt développé mes points forts.

LA DAME DU LAC apparaît soudain à côté d'ARTHUR qui sursaute.

ARTHUR — Ah !

KARADOC — Qu'est-ce que vous avez ?

ARTHUR *(à lui-même)* — Je m'y ferai jamais.

KARADOC — De quoi ?

LA DAME DU LAC — Vous avez pensé à moi : j'arrive.

ARTHUR — J'ai pensé à vous ce matin…

KARADOC — À moi ?

ARTHUR *(à Karadoc)* — Je discute avec la Dame du Lac.

KARADOC *(après une seconde)* — Quand ?

ARTHUR — Maintenant. Mais vous vous souvenez, il y a que moi qui peux la voir.

KARADOC — Vous voulez que je sorte ?

ARTHUR *(las, puis à la Dame du Lac)* — Il faut que je vous montre quelque chose. Vous allez voir, c'est hyper bizarre.

Il s'approche de KARADOC et lui tend Excalibur.

ARTHUR — Tenez.

KARADOC — Holà, non. Tout ce qui est magique, moi…

ARTHUR — Tenez !

KARADOC saisit Excalibur qui s'éteint.

KARADOC — Bah…

ARTHUR *(à la Dame du Lac)* — Vous avez vu ? Quand c'est pas moi, crac ! Rideau.

KARADOC *(touchant la lame)* — C'est même pas chaud…

LA DAME DU LAC — C'est le destin.

ARTHUR — Le destin ?

KARADOC — Quoi ?

La Dame du Lac — Excalibur flamboie quand elle reconnaît l'exceptionnelle destinée de son porteur.

Arthur — Ah ! C'est l'exceptionnelle destinée !

Karadoc — L'exceptionnelle destinée de qui ?

Arthur regarde Karadoc qui tient toujours Excalibur éteinte.

Arthur — La vôtre.

Il récupère son épée qui se met à flamboyer.

4. INT. SALLE D'ARMES – JOUR

Arthur s'entraîne avec Perceval qui peine à tenir tête au Roi.

Perceval *(essoufflé)* — Finalement, c'est assez équilibré les combats entre nous, Sire.

Arthur *(surpris)* — Équilibré ?

Perceval — Bah moi, j'ai quand même l'avantage technique mais vous, vous compensez avec votre épée magique.

Arthur — Ah ouais. Vous voulez que je prenne une épée normale, pour voir ?

Perceval — Bah non parce que ce serait plus équilibré.

Arthur — Non mais on va faire un truc. Vous, vous prenez deux épées et moi, je prends rien du tout. C'est une expérience, OK ?

Perceval — Mais pour quoi faire ?

Arthur — C'est une expérience. J'essaye de passer par-dessus votre technique et de vous mettre une tête comme ça rien qu'avec des beignes. Tenez.

Il lui tend Excalibur.

ARTHUR — Vous avez même une épée magique.

Dans les mains de PERCEVAL, Excalibur redouble d'intensité. Le flamboiement de l'épée n'a jamais été si grandiose. L'éclat en effraie même un peu PERCEVAL.

PERCEVAL — Merde, qu'est-ce qui se passe ?

ARTHUR ne dit rien. Il observe Excalibur.

PERCEVAL — Sire, j'ai fait une connerie ?

ARTHUR ne dit toujours rien.

PERCEVAL — Vous voulez pas la reprendre, Sire ? Ça me fout un peu les miquettes, là.

ARTHUR saisit Excalibur qui reprend son intensité habituelle.

PERCEVAL *(se détendant)* — Moi, je suis jamais rassuré, avec la magie.

ARTHUR regarde son épée, puis PERCEVAL. Il reste interdit.

PERCEVAL — Ça va ?

FERMETURE

5. INT. CHAMBRE D'ARTHUR – SOIR

Dans le lit royal, ARTHUR reste les yeux dans le vague tandis que GUENIÈVRE lit quelques feuillets.

GUENIÈVRE *(remarquant la mine d'Arthur)* — Qu'est-ce qu'il y a qui va pas, encore ?

ARTHUR *(éteint)* — Rien.

GUENIÈVRE — Vous voulez pas me dire ?

ARTHUR — Est-ce que vous croyez qu'on peut être complètement con et avoir quand même une belle vie ?

GUENIÈVRE — C'est pour moi que vous dites ça ?

ARTHUR — Mais non !

NOIR

GUENIÈVRE — Mouais… Méfiez-vous des cons… Il y en a qui vont beaucoup plus loin qu'on ne pense.

53
L'Absent

A. ASTIER

3 CORS

1. INT. SALLE DE LA TABLE RONDE – JOUR

Les Chevaliers entament une réunion de la Table Ronde.

ARTHUR — Allez, on commence.

PERCEVAL — Bah il y a pas tout le monde…

ARTHUR — Comment ça « il y a pas tout le monde » ? Vous voyez bien que si !

PERCEVAL — Il y a pas Lancelot…

ARTHUR — Vous voyez un fauteuil vide ?

PERCEVAL — Non.

ARTHUR — Donc, qu'est-ce que vous en déduisez ?

PERCEVAL — Ben, qu'en plus de l'attendre, il faut lui trouver un fauteuil.

OUVERTURE

2. INT. SALLE DE LA TABLE RONDE – JOUR

Les Chevaliers s'étonnent de l'absence de Lancelot.

Galessin — On se pose juste la question !

Arthur — Il y a pas de question à se poser ! Il y a huit places autour de la Table Ronde pour plus d'une vingtaine de Chevaliers, tout le monde peut pas être là à chaque fois.

Léodagan — Non mais on le sait bien que ça tourne ! Nous prenez pas pour plus cons qu'on est ! Mais Lancelot, ça fait quand même partie des fixes !

Père Blaise — En fait, je crois même que c'est la première fois qu'il est pas là.

Arthur — Mais il y a pas spécialement de fixes !

Calogrenant — Ah non, ça c'est sûr ! Moi je suis convié une fois de temps en temps quand il en manque un pour faire le compte.

Karadoc — Bah moi, il me semble que je suis là à chaque fois…

Léodagan — Ouais bah d'ailleurs, on se demande !

Galessin — Vous devez sûrement être indispensable.

Karadoc — En tout cas, je suis plus indispensable que Lancelot !

Perceval — Et toc ! Remonte ton slibard, Lothar !

Arthur — Quoi ?

Perceval — C'est une expression.

Karadoc — C'est comme « Eh oui mémé, t'es bien mouchée ! »

3. INT. SALLE DE LA TABLE RONDE – JOUR

La discussion continue.

CALOGRENANT — Moi, ce que je trouve bizarre, c'est que vous arriviez pas à faire la part des choses.

HERVÉ DE RINEL — Même si vous êtes en froid avec Lancelot…

ARTHUR — De quoi ?

HERVÉ DE RINEL — Quoi « de quoi ? »

ARTHUR — Qui c'est qui est en froid avec Lancelot ?

HERVÉ DE RINEL — Ben…

CALOGRENANT *(à Arthur)* — C'est pas vous ?

HERVÉ DE RINEL — Moi, c'est ce que j'avais compris…

ARTHUR — Non mais n'importe quoi ! Je suis en froid avec que dalle !

BOHORT — Sire, loin de nous l'idée de nous immiscer dans votre vie personnelle…

PÈRE BLAISE — Je vous signale que quand vous aurez bien discutaillé pendant une plombe et qu'il faudra se mettre à l'ordre du jour, vous allez faire la gueule.

ARTHUR — Oui bah l'ordre du jour, il va attendre deux secondes ! Je suis désolé, on m'agresse, là.

Les Chevaliers nient en groupe.

LÉODAGAN — Mais personne vous agresse ! Venez pas faire votre sucrée, là !

GALESSIN — On dit juste que vous savez pas faire la part des choses.

ARTHUR — Bon, je ne sais pas où est-ce que vous êtes allés chercher que j'étais en froid avec Lancelot mais je vous annonce tout net — puisque ça vous intéresse — que c'est parfaitement faux. Le Seigneur Lancelot et moi-même entretenons des relations amicales…

PERCEVAL — L'autre jour, vous l'avez quand même viré du commandement !

ARTHUR — Quoi ? Du commandement de quoi ?

LÉODAGAN — À la bataille contre les Saxons. Ça a gueulé pendant une demi-heure et vous l'avez viré.

BOHORT — Il est rentré chez lui comme une vieille crotte.

CALOGRENANT — Voyez, vous arrivez pas à faire la part des choses.

ARTHUR — La part des choses… *(à Hervé de Rinel)* De quoi je vous ai traité, l'autre jour, au bord de la rivière ?

HERVÉ DE RINEL — De gros connard.

ARTHUR — Voilà. *(aux autres)* Aujourd'hui, il est là. Pourtant, c'est un connard, ça empêche pas…

HERVÉ DE RINEL — Un gros connard.

4. INT. SALLE DE LA TABLE RONDE – JOUR

La réunion se poursuit.

ARTHUR — OK, mettons. J'ai pas convoqué Lancelot aujourd'hui, d'accord, j'ai eu tort. Alors je vous pose la question : lequel se barre pour lui laisser sa place ? Calogrenant ?

CALOGRENANT — Attendez, en tant que Roi de Calédonie, je peux pas être viré ! Je représente une majorité !

ARTHUR — Bon. Donc pareil pour Léodagan, Roi de Carmélide, et Galessin, Duc d'Orcanie. Alors Hervé de Rinel, ça va ?

HERVÉ DE RINEL — Moi, ça fait six fois que je viens pas

ARTHUR — Donc, c'est pas possible. On vire Bohort ?

LÉODAGAN — Vous allez pas virer Bohort !

PERCEVAL — Après, il va pleurer, tout... Ça va être le merdier !

ARTHUR — Bon, Perceval et Karadoc, on peut pas...

PERCEVAL — Pourquoi pas ?

KARADOC — On sert à rien, nous.

PÈRE BLAISE — Non ! Parce qu'ils doivent nous raconter ce qu'ils ont foutu pendant leur voyage en Gaule ! C'est justement l'ordre du jour, pour ceux que ça intéresse encore !

ARTHUR — Alors qu'est-ce qu'on fait ?

LÉODAGAN — Bah, il reste plus que vous.

FERMETURE

5. INT. SALLE DE LA TABLE RONDE – JOUR

ARTHUR a quitté la pièce. Les Chevaliers sont un peu penauds.

PÈRE BLAISE — Vous êtes contents ? On est bien avancés maintenant !

LÉODAGAN — J'ai dit ça... comme j'aurais pu dire autre chose !

PERCEVAL — Du coup, il y a une place pour Lancelot...

GALESSIN — Je suis pas sûr que ce soit la chose à faire...

CALOGRENANT — S'ils sont en froid et qu'on met Lancelot à sa place…

NOIR

LÉODAGAN *(OVER)* — Ce coup-là, faudra pas s'étonner que ça pète !

54
The Game

A. Astier

3 CORS

1. EXT. REMPARTS – JOUR

Léodagan et Bohort — qui porte un message — arrivent vers Arthur, affolés.

Bohort — Sire ! Sire ! Les Calédoniens nous provoquent !

Arthur *(souriant)* — Ah bah alors là, je les attends, les mecs…

Bohort — Non, ils nous provoquent à la balle !

Arthur *(soudain apeuré)* — À la balle ?

Bohort — Ils organisent une rencontre à la prochaine pleine lune et ils disent que si on y va pas, on est des moins que rien !

Léodagan — « Des pédales », ils disent, sur le message.

OUVERTURE

2. INT. SALLE D'ENTRAÎNEMENT – JOUR

Arthur, Léodagan, Lancelot, Bohort et Perceval ont revêtu une tenue sportive. Ils organisent une séance d'entraînement à la balle, une sorte de base-ball archaïque se jouant avec une boule de chiffons.

ARTHUR — Bohort, vous pouvez pas arbitrer et jouer en même temps !

LANCELOT — Bah il y a que lui qui sait arbitrer !

BOHORT — Oui mais moi, j'en ai marre de rester toujours assis à vous regarder ! Aujourd'hui, je joue !

LÉODAGAN — Essayez quand même d'avoir un œil sur l'arbitrage parce que ça va être un beau bordel !

ARTHUR — Perceval, à vous d'engager !

PERCEVAL — Qu'est-ce que ça veut dire ?

LANCELOT — Vous ouvrez !

PERCEVAL — Qu'est-ce que j'ouvre ?

BOHORT — Vous lancez en premier !

PERCEVAL — Ah bah dites-le ! Commencez pas avec vos termes pourris !

ARTHUR passe la balle à PERCEVAL.

ARTHUR — Allez ! Et on commence doucement, hein ! Ne bourrinez pas maintenant si c'est pour être essoufflés dans cinq minutes !

LÉODAGAN — Ah dites, vos conseils, hein…

ARTHUR — Quoi ! Vous allez pas commencer, beau-père !

LÉODAGAN — Je vous préviens : des ordres, vous nous en filez assez comme ça pour nous foutre la paix sur le terrain de jeu !

BOHORT — Il a pas tort, Sire…

ARTHUR — Un réflexe… Balle !

PERCEVAL lance ; tout le monde bouge.

3. INT. SALLE D'ENTRAÎNEMENT – JOUR

Les hommes sont entre deux passes.

LANCELOT — Mais que c'est nul ! Mais que c'est nul !

LÉODAGAN — Qui qu'est nul ? Vous êtes pas foutu de faire une passe de trois sans vous emmêler les pinceaux !

LANCELOT — Et je la fais tout seul, la passe de trois, peut-être ? Vous êtes à l'autre bout du terrain !

LÉODAGAN — Je suis à mon poste ! C'est pas le cas de tout le monde !

PERCEVAL — C'est pas la peine de vous bouffer le nez, Bohort dit qu'il y a pas faute !

BOHORT — Non, je suis désolé, il y a pas faute.

LÉODAGAN — Mais qu'est-ce qu'il y connaît ?

BOHORT — On n'a pas le droit de contester l'arbitre !

LÉODAGAN — On n'a pas le droit non plus de lui mettre son pied dans les noix, pourtant ça pourrait bien arriver !

BOHORT *(à la cantonade)* — Violence ! Violence !

ARTHUR — Mais est-ce que ça va finir, oui ? Vous croyez que c'est avec ça qu'on va tenir tête aux Calédoniens ?

LÉODAGAN — Les Calédoniens, on les emmerde !

BOHORT — Ah oui, bravo ! Une belle leçon de sport !

ARTHUR — Bon, Bohort, jouez la faute, sinon, on s'en sortira pas.

Bohort — Mais il y a pas faute !

Lancelot — Faites ce qu'on vous dit, bon sang ! On va pas y passer la nuit !

Bohort remet en jeu d'une manière visiblement technique.

Lancelot — Qu'est-ce que c'est nul !

Léodagan — Il était déjà pas bon en arbitre, mais là…

Bohort — J'ai ripé !

Perceval — Non là, sans déconner, c'est zéro.

Arthur — Attendez, Bohort… Vous vous foutez de nous ou quoi ?

Léodagan — Même pas foutu de lancer dans l'axe !

Arthur — Vous vous rendez compte qu'on joue depuis une heure et demie et qu'il y a pas eu un point de marqué ? On va passer pour les plus nuls de l'Île de Bretagne !

Léodagan *(doucement)* — On est les plus nuls de l'Île de Bretagne !

4. INT. SALLE D'ENTRAÎNEMENT – JOUR

Les hommes sont fatigués et déprimés.

Perceval — On a vachement perdu en cohérence de jeu, quand même !

Lancelot — J'en ai ma claque de cette partie !

Bohort — Il faut finir « à la figure ».

Arthur — Bah évidemment ! Allez Bohort, votre figure.

Bohort effectue une sorte de pas d'élan chorégraphié et jette la balle devant lui.

LÉODAGAN — Pas mal...

LANCELOT — Une touche pour Bohort.

ARTHUR — À vous, Lancelot.

LANCELOT compose son pas et jette la balle.

LÉODAGAN — Ouais...

BOHORT — Touche pour Lancelot avec doublette.

ARTHUR — À moi.

ARTHUR prépare un pas à sa manière avant de lancer la balle.

LANCELOT — Ouais... En demi-passes...

ARTHUR — Quoi, ça compte !

LANCELOT — Ouais, ouais... À Perceval.

PERCEVAL se place et LÉODAGAN vient discrètement se poster derrière lui. Au lieu de faire son pas, PERCEVAL feinte et lance la balle en l'air.

PERCEVAL *(criant)* — Léodagan ! Contre-attaque !

LÉODAGAN attrape la balle et la lance devant lui. Cette manœuvre crée un mouvement collectif soudain, extrêmement dynamique.

LANCELOT — Touche rasante ! Touche rasante !

ARTHUR — Passe !

PERCEVAL *(attaquant Bohort)* — Ici ! Ici !

BOHORT *(en crise)* — Vous êtes des damnés ! Vous êtes tous des damnés !

FERMETURE

5. INT. SALLE D'ENTRAÎNEMENT – JOUR

LÉODAGAN *(jetant la balle)* — Jeu !

LÉODAGAN, ARTHUR, LANCELOT et PERCEVAL crient victoire.

LÉODAGAN *(à Perceval)* — Pourquoi vous criez, vous ? Vous venez de vous en prendre une !

NOIR

PERCEVAL *(OVER)* — Ah mais je suis pas avec vous, depuis le début, moi ?

55
La Quinte Juste

A. Astier

3 CORS

1. EXT. ARBRE MILLÉNAIRE – JOUR

Arthur est seul sur son banc. Il chante.

Arthur *(chantant)* — *« Pourquoi fuis-tu mignarde*
Si je suis près de toi ? »

Léodagan s'approche silencieusement dans son dos.

Arthur *(chantant)* — *« Quand tes yeux je regarde,*
Je m'y perds dedans moi. »

Arthur se retourne vers Léodagan, gêné.

Arthur — Vous m'avez entendu chanter ?

Léodagan — Non.

OUVERTURE

2. INT. SALLE DE LA TABLE RONDE – JOUR

Père Blaise a demandé à Arthur et Bohort de le rejoindre dans la salle de la Table Ronde.

ARTHUR — Est-ce que c'est bien une heure pour taper la chansonnette ?

BOHORT *(ravi)* — Il n'y a pas d'heure pour chanter ! C'est une excellente idée, Père Blaise !

PÈRE BLAISE — Vous inquiétez pas, ce sera pas long. Bohort, une basse, s'il vous plaît.

BOHORT chante une note grave, sur « O ».

PÈRE BLAISE — Très bien ! Maintenant, Sire, vous allez chanter la même note que Bohort.

BOHORT chante sa note ; ARTHUR le rejoint.

PÈRE BLAISE — Parfait ! C'est ce qu'on appelle un…?

BOHORT *(bon élève)* — Unisson !

PÈRE BLAISE — Bravo !

BOHORT s'emplit de fierté.

PÈRE BLAISE — Maintenant Sire, Vous allez passer de l'unisson à la quarte.

BOHORT chante sa note, ARTHUR le rejoint puis monte à la quarte juste.

PÈRE BLAISE — Très bien, même chose avec la quinte…

BOHORT chante sa note, ARTHUR le rejoint puis monte à la quinte juste.

PÈRE BLAISE *(hors de lui)* — Voilà ! C'est tout ce qu'il y a ! Unisson, quarte, quinte et rideau ! Les autres intervalles, c'est de la merde, OK ! Si je vous reprends encore en train de siffloter des intervalles païens, je fais un rapport au Pape !

3. INT. SALLE DE LA TABLE RONDE – JOUR

Père Blaise manifeste son dégoût à l'égard de l'harmonie « moderne ».

Père Blaise — Et tous ces gratte-caisses, là, sur les marchés aux bêtes ! Avec leurs crincrins pourris ! Et allez, je colle des tierces, des sixtes… Oh mais pour qui ils se prennent ? Moi, ça me bousille les tympans, les sixtes ! Je suis déjà presque à moitié sourd !

Arthur — Si vous arrêtiez de gueuler, déjà !

Bohort — Mais enfin, Père Blaise, je ne comprends pas… Qu'est-ce que vous avez contre les tierces ?

Père Blaise — Ça me fait gerber !

Bohort — Sire, faites une tierce.

Père Blaise — Non ! Vous faites une tierce, je vous préviens, je me tire !

Arthur *(las)* — Majeure ou mineure ?

Père Blaise — Mais c'est des conneries, ça ! Majeure, mineure, c'est pour les dégénérés ! Le seul truc valable, c'est juste ! Juste, juste, juste, juste et jujuste !

Bohort *(à Arthur)* — Mineure.

Bohort chante une basse, Arthur le rejoint et monte à la tierce mineure. Père Blaise se tord de douleur.

Père Blaise — Arrêtez ! Je vais dégobiller sur la Table Ronde ! Bohort ! Faites une pédale sur « Dies Iræ » !

Bohort chante « Dies Iræ » sur une pédale grave.

Père Blaise — Là ! Et vous, Sire…

Arthur — Moi, je vais me tirer, j'en ai marre.

PÈRE BLAISE — Sire ! La même chose à la quinte juste !

BOHORT chante de nouveau sa pédale et ARTHUR la même chose à la quinte juste.

PÈRE BLAISE — Là, voilà ! Ça, c'est propre ! Ça c'est harmonieux !

BOHORT — Oui mais avec quelques fioritures, on passe très rapidement sur une petite sixte et c'est joli !

PÈRE BLAISE — C'est de la merde !

BOHORT — Sire… une petite variation…

BOHORT chante sa pédale et ARTHUR la sienne, à la quinte juste, en y ajoutant une ornementation.

PÈRE BLAISE *(hurlant)* — Vous êtes des malaaaaaaaaaades !

4. INT. SALLE DE LA TABLE RONDE – JOUR

PÈRE BLAISE essaie de raisonner ARTHUR et BOHORT.

PÈRE BLAISE *(calme)* — Je vous préviens : si on ne met pas tout de suite le holà, dans dix ans, tout le patrimoine musical est pollué.

BOHORT — Il faut plutôt voir ça comme une évolution…

PÈRE BLAISE — Il faut interdire les intervalles non justes. C'est tout.

BOHORT — Sire… Qu'est-ce que vous en pensez ?

ARTHUR — Bah… bon, déjà, première chose : j'en ai surtout rien à carer. Mais sinon, j'avoue que toujours des quartes, des quintes et des octaves, au bout d'un moment, je commence un peu à me faire chier. Alors bon, moi, les tierces et renversements de tierces, j'aime bien. Et même de temps en temps, un petit intervalle diminué…

Père Blaise porte les mains à ses oreilles.

Père Blaise *(paniqué)* — Diminués… Qu'est-ce que c'est que cette horreur ?

Arthur — Bohort, une pédale… *(se reprenant)* Enfin, je veux dire…

Bohort — J'ai compris, Sire.

Bohort chante une basse sur « O ». Arthur le rejoint et monte à la quinte diminuée. Père Blaise se lève, solennel.

Père Blaise *(hypnotisé)* — Diavolus…

Il tombe évanoui.

FERMETURE

5. INT. SALLE DE LA TABLE RONDE – JOUR

Arthur, Bohort et Séli interprètent « À La Volette » à trois voix, avec une harmonie tonale et des mouvements contraires. En face d'eux, Père Blaise les écoute, les oreilles recouvertes de plusieurs couches de protection en tissus ficelées autour de la tête.

Arthur, Bohort et Séli *(chantant)* — *« Me marier bien vite*
sur un oranger.
Sur un o… à la volette (bis)
Sur un oranger. »

La chanson s'achève.

Bohort — Alors ?

Père Blaise n'est pas sûr qu'on lui ait parlé.

BOHORT *(fort)* — Alors ?

PÈRE BLAISE *(fort, comme un sourd)* — Là, ça passe !

ARTHUR — Bon bah voilà…

NOIR

ARTHUR *(OVER)* — Par contre, elle est chiante cette chanson, elle reste…

56
La Fumée Blanche

A. ASTIER

3 CORS

1. EXT. REMPARTS – JOUR

ARTHUR discute avec BOHORT.

ARTHUR — Je suis désolé, Bohort, on ne peut pas faire de feu en mission extérieure ! La fumée attire les ennemis !

BOHORT *(écœuré)* — Mais à chaque mission, avec toute cette viande crue, je contracte des maux de ventre parfaitement insoutenables !

ARTHUR — Rien ne vous empêche de prendre de la viande cuite avant de partir !

BOHORT — Et comment je la mange sans feu, la viande cuite ? Froide ?

OUVERTURE

2. EXT. REMPARTS – JOUR

LÉODAGAN est sur le chemin de ronde. ARTHUR passe par là.

ARTHUR — Qu'est-ce que vous foutez perché là-haut, beau-père ?

LÉODAGAN — Non rien… Je regarde un truc.

ARTHUR — Mais quoi comme truc ?

LÉODAGAN — De la fumée…

ARTHUR — Un départ d'incendie ?

LÉODAGAN — Bah non, j'ai pas l'impression : c'est de la fumée blanche.

ARTHUR — C'est pas un bouseux qui fait cramer des feuilles ?

LÉODAGAN — Non, c'est en plein milieu de la forêt ! Il y a rien à cet endroit-là… pas de ferme, pas de bergerie…

ARTHUR — Il doit bien y avoir quelque chose ! Sans ça pourquoi voulez-vous qu'il y ait du feu ?

LÉODAGAN *(agacé)* — Mais c'est justement ce que je me demande ! Ne commencez pas à me gonfler !

ARTHUR — Mais j'en sais rien, moi ! On dirait que vous vous faites du mouron !

LÉODAGAN — Parce que c'est bizarre, c'est tout ! Une fumée blanche qui sort de nulle part, comme ça…

ARTHUR — Mais qu'est-ce que ça peut vous foutre, au bout d'un moment ?

LÉODAGAN — Vous, vous êtes même pas curieux ?

ARTHUR — La meilleure façon d'être fixés, c'est d'y aller !

LÉODAGAN — On va pas crapahuter jusqu'à là-bas !

ARTHUR *(provoquant)* — Pourquoi pas ?

LÉODAGAN — Bon bah allez !

3. EXT. FORÊT – JOUR

ARTHUR et LÉODAGAN progressent dans la forêt. Ils parlent à voix basse.

LÉODAGAN — Autant, la fumée, ça se voit bien des remparts, autant d'ici…

ARTHUR — Je suis quand même pas con, on a bien pris dans le bon sens !

LÉODAGAN — Dans le bon sens par rapport à quoi ?

ARTHUR — C'est pas compliqué, bon Dieu ! On a regardé la fumée, on a dit : « Tac ! C'est tout droit par là ! »

LÉODAGAN — Mais comment voulez-vous tailler droit dans une forêt où il y a un arbre tous les trois pieds ! Ça fait dix ans que je vous dis de la raser, cette saloperie de forêt ! Au moins, on verrait clair !

ARTHUR — Ça ralentit les ennemis !

LÉODAGAN — Bah il y a pas que les ennemis ! Pardon !

ARTHUR — Vous sentez rien ?

LÉODAGAN — Non. *(se reprenant)* Si, ça sent la fumée.

ARTHUR — Ça vient de là.

Les deux hommes partent d'un bon pas en direction de l'odeur. Ils arrivent près de LANCELOT et CALOGRENANT qui entretiennent un feu de feuilles.

LANCELOT — Ah Sire ! Enfin !

CALOGRENANT — Eh ben, on peut dire que vous tombez bien !

LÉODAGAN — C'est vous la fumée ? Mais qu'est-ce que vous foutez, au juste ?

LANCELOT — C'était pour vous prévenir, au château.

ARTHUR — Nous prévenir de quoi ?

CALOGRENANT — Ben, qu'on était paumés !

LANCELOT — Heureusement que vous êtes arrivés parce qu'on commençait à avoir soif !

LÉODAGAN — Ah bah merde, on n'a pas pris de flotte...

ARTHUR — Heu, ouais... On n'a pas tellement pris de carte, non plus !

CALOGRENANT — Comment ça ?

ARTHUR — Bah si vous, vous êtes paumés, il y a pas de raison qu'on le soit pas non plus !

LÉODAGAN — Qu'est-ce que vous racontez ?

ARTHUR — Quoi, il y a pas de honte ! Vous savez rentrer, vous ?

LÉODAGAN — Ben... faut voir...

Les hommes se regardent.

CALOGRENANT — Bon, s'il y en a un qui se sent l'envie, il faut pisser sur le feu.

LANCELOT — Ça fait plus de fumée.

4. EXT. REMPARTS – JOUR

BOHORT est sur le chemin de ronde. ARTHUR et LÉODAGAN passent par là.

ARTHUR — Ah, Bohort ! Qu'est-ce que vous glandez là-haut ?

BOHORT — J'observe l'horizon, Sire.

ARTHUR — Ah, bien.

BOHORT — À ce propos, quelque chose m'intrigue.

LÉODAGAN — Quoi comme chose ?

BOHORT — Une épaisse fumée blanche s'élevait de la forêt, ces jours-ci, et aujourd'hui, plus rien.

LÉODAGAN — Mais… vous l'aviez vue, la fumée ?

BOHORT — Comment ça ?

LÉODAGAN — On a fait de la fumée comme des ânes pendant deux jours en espérant que quelqu'un nous voie !

ARTHUR — On avait rejoint Calogrenant et Lancelot et on s'était paumés ! On a fait de la fumée pour que quelqu'un vienne nous chercher !

BOHORT — Mais comment vouliez-vous que je comprenne, moi ? Je vois de la fumée, je me dis : « Tiens, il y a de la fumée ! »

ARTHUR — Quatre jours, on a mis, pour rentrer, non d'un chien !

BOHORT — Croyez bien que si j'avais su…

LÉODAGAN — Quand vous voyez de la fumée blanche qui sort de nulle part, comme ça, il y a rien qui vous intrigue ?

BOHORT — Qui m'intrigue, si ! Mais c'est pas pour ça que je vais aller voir ! Vous l'auriez fait, vous ?

ARTHUR — On l'a fait, nous, figurez-vous ! On laisse pas les petits copains dans la merde !

LÉODAGAN — On y a été, chercher Calogrenant et Lancelot !

BOHORT — Mais pourquoi avez-vous mis tout ce temps à rentrer ?

LÉODAGAN — On avait oublié les cartes mais ne changez pas de conversation !

FERMETURE

5. EXT. REMPARTS – JOUR

ARTHUR et LÉODAGAN sont sur le chemin de ronde.

ARTHUR — Hé… c'est pas de la fumée blanche, là-bas ?

LÉODAGAN *(méfiant)* — Ho, si…

ARTHUR — En plein milieu de la forêt…

LÉODAGAN — Ouais…

Ils quittent le chemin de ronde.

LÉODAGAN — … eh ben ils se démerdent, les mecs !

NOIR

ARTHUR *(OVER)* — Trop gentils, trop cons.

57
Unagi II

A. Astier

3 CORS

1. INT. SALLE D'ARMES – JOUR

Karadoc et Perceval, torse nu, ont empilé des dalles de pierre sur deux tréteaux. Karadoc observe les plaques avec circonspection.

Perceval — Il y a quelque chose qui vous chiffonne ?

Karadoc — Non, je regarde les plaques, là... Combien il y en a ?

Perceval — Sept.

Karadoc — Parce que je me disais, c'est notre premier jour d'entraînement à la casse : attention à ne pas sauter les étapes trop vite.

Perceval — Alors qu'est-ce qu'on fait ?

Karadoc — À mon avis, avec cinq, déjà, on a de quoi commencer.

OUVERTURE

2. INT. SALLE D'ARMES – JOUR

Perceval et Karadoc se préparent à débuter leur séance de casse ; leur concentration est proche de la méditation : yeux fermés, tête basse, respiration régulée... Arthur arrive, en manteau, suivi par un garde et un écuyer.

ARTHUR — Vous savez, quitte à roupiller, autant rester dans vos piaules, hein... C'est pas la peine de vous mettre en tenue !

PERCEVAL — Non non, mais on roupille pas, Sire ! On se prépare.

ARTHUR *(considérant le tas de plaques)* — Qu'est-ce que vous manigancez avec ça ?

PERCEVAL — C'est pour notre entraînement à la casse. On a décidé de commencer assez modeste.

KARADOC *(comme une mise en garde)* — Quitte à finir plus haut que prévu.

PERCEVAL *(utilisant un mot difficile)* — Progressif !

ARTHUR *(pour être sûr de comprendre)* — Vous allez casser les plaques en pierre, là ?

PERCEVAL — Ouais.

ARTHUR — À main nue ?

KARADOC *(amusé)* — Ah bah ouais !

ARTHUR *(ôtant son manteau)* — OK.

PERCEVAL — Qu'est-ce que vous faites ?

ARTHUR — Non mais je devais partir chez Dagonet mais tant pis.

PERCEVAL — Vous restez assister deux minutes ?

ARTHUR — Je vais vous dire... *(avec solennité, donnant son manteau à son garde)* Même si le pays était à feu et à sang, je ne louperais jamais un truc pareil. Allez-y.

3. INT. SALLE D'ARMES - JOUR

Perceval et Karadoc se sont postés devant les plaques.

Arthur — Vous savez — avant que vous commenciez, je voudrais vous dire quelque chose —, je gueule souvent sur vous, c'est vrai, des fois, je suis un peu sec… Mais pour quelqu'un comme moi qui ai un peu tendance à la dépression, c'est très important, ce que vous faites.

Perceval — Ah bon ?

Arthur — Oui. Parce que — je sais pas comment vous dire — c'est systématiquement débile mais c'est toujours inattendu. Et ça, c'est très important *(désignant sa tête)* pour la santé du cigare. Allez-y, je vous embête plus.

Karadoc — Première chose : essayer de concentrer sa force vers le bas.

Perceval — Afin d'affiner le mouvement pour atteindre le point d'impact de façon péremptoire.

Arthur — « De façon péremptoire » ?

Karadoc — Bah oui. *(mimant)* La force vient dans ce sens-là et les plaques sont péremptoires par rapport à l'axe.

Arthur — Perpendiculaires ?

Perceval — Attention, nous, on parle du croisement des axes.

Karadoc — Non mais « perpendiculaires », ça marche aussi. Et comme les plaques sont péremptoires — ou perpendiculaires — par rapport au sol…

Arthur — Parallèles.

PERCEVAL — Non mais nous, on veut dire que ça tranche…

ARTHUR — Eh ben vous dites « ça tranche », c'est encore le plus simple.

PERCEVAL — « Ça tranche », ça veut pas dire que ça se croise…

ARTHUR *(las)* — Les plaques et le sol, ça se croise pas, c'est parallèle. Si vous voulez quelque chose de perpendiculaire, vous avez le sol et les tréteaux, par exemple.

KARADOC — Ouais mais on s'en fout, on va pas casser les tréteaux…

ARTHUR — Et si je vous dis que vous êtes deux glands, là, vous avez du péremptoire. C'est vous qui voyez.

4. INT. SALLE D'ARMES – JOUR

PERCEVAL s'apprête à casser les plaques. KARADOC joue les maîtres de cérémonie.

KARADOC — Allez-y, Sire. Montez sur les plaques.

ARTHUR — Monter sur les plaques ? Pour quoi faire ?

PERCEVAL — Comme ça, vous voyez que c'est pas truqué.

ARTHUR — Non mais c'est bon.

PERCEVAL — Allez-y, montez !

ARTHUR — Mais non ! Je vais pas crapahuter là-dessus pour vous faire plaisir ! Je le sais bien que c'est pas truqué…

KARADOC s'approche des plaques et effectue au-dessus d'elles des mouvements circulaires avec ses mains.

ARTHUR — Qu'est-ce que vous foutez ?

KARADOC — Je vous prouve qu'il n'y a pas de système caché.

ARTHUR *(en colère)* — Mais c'est bon ! Arrêtez le cirque ! On va pas y passer la journée, non plus ! Je vous dis qu'il faut que j'aille chez Dagonet ! Alors j'attends que vous vous pétiez un bras et je me casse ! Magnez-vous le tronc !

KARADOC *(souriant)* — Mais on peut pas se péter un bras…

PERCEVAL — À partir du moment où c'est bien péremptoire…

KARADOC *(embêté)* — Sauf que…

ARTHUR — Quoi encore ?

PERCEVAL — Il y a quelque chose qui vous gêne ?

KARADOC — Je me demande si cinq plaques, ça fait pas un peu gonzesse, quand même…

FERMETURE

5. INT. SALLE D'ARMES – JOUR

KARADOC s'apprête à s'élancer sur les plaques.

KARADOC — On va le faire à cinq pour cette fois, ça fera un palier.

PERCEVAL — Et puis après, on fera sept, huit neuf… Enfin, on fera tous les chiffres impairs jusqu'à seize.

KARADOC — Prêt ?

PERCEVAL — Prêt, Sire ?

ARTHUR — Ah bah moi, oui…

KARADOC s'élance, bras en l'air.

Le bras de Karadoc s'abat sur les plaques, produisant le bruit d'un steak qui tombe sur du marbre. Puis, dans le silence…

Perceval *(over)* — Vous voulez qu'on essaye avec quatre ?

58
La Joute Ancillaire

A. Astier

3 CORS

1. INT. CHAMBRE D'ARTHUR – SOIR

Arthur et Guenièvre sont au lit.

Arthur — Bon allez, j'éteins.

Guenièvre — Vous pourriez me demander, quand même !

Arthur — Qu'est-ce qu'il faut demander ?

Guenièvre — Si je suis d'accord pour que vous éteigniez !

Arthur — Je peux éteindre ?

Guenièvre *(décontenancée)* — Oui, allez-y.

Arthur — Super.

OUVERTURE

2. INT. SALLE À MANGER – JOUR

Arthur et Guenièvre dînent seul à seul. Guenièvre constate le silence qui règne depuis maintenant un bon moment.

GUENIÈVRE — Eh ben, c'est gai…

ARTHUR — Pas tellement, non.

GUENIÈVRE — On peut savoir ce qui va pas ?

ARTHUR — J'en sais rien, moi. C'est pas gai parce que… c'est pas gai, c'est tout !

GUENIÈVRE *(lasse)* — Et on peut faire quelque chose pour que ce soit plus gai ?

ARTHUR — Oh mais ho ! Ça va, non ? Qu'est-ce que vous voulez que j'y fasse, moi ?

GUENIÈVRE — Quoi, c'est de ma faute, peut-être ?

ARTHUR — Mais c'est ni de votre faute, ni de la mienne ! C'est pas gai parce qu'on bouffe et on se fait chier, voilà !

GUENIÈVRE — Ah, ça nous fait des belles soirées…

ARTHUR — C'est peut-être pas avec moi, que vous devriez les passer, aussi…

GUENIÈVRE — Qu'est-ce que vous voulez dire ?

ARTHUR — Je veux dire que je trouve pas normal que vous vous démerdiez pas pour vous faire un petit repas avec une copine ou deux, là… Vous rigoleriez sûrement plus !

GUENIÈVRE — Mais quelles copines ?

ARTHUR — Ben voilà. C'est un peu le problème, vous en avez pas.

GUENIÈVRE — Comment ? Mais je ne vous permets pas ! J'ai de très bonnes copines !

ARTHUR — Dans votre pays natal ?

GUENIÈVRE — Ici, à Kaamelott !

ARTHUR — Ici, c'est mes maîtresses, vos copines…

GUENIÈVRE — Et alors ?

ARTHUR — Et alors, c'est d'abord mes maîtresses avant d'être vos copines. Me prenez pas pour une bille : vous avez pas de copines, parce que vous êtes pas foutue de vous en faire.

3. INT. SALLE À MANGER – JOUR

GUENIÈVRE a convié ANGHARAD au déjeuner.

ARTHUR — Qu'est-ce que vous me faites, là ?

GUENIÈVRE — À quel propos ?

ARTHUR — À propos que, sauf erreur de ma part, il me semble qu'on est en train de bouffer avec votre bonniche.

ANGHARAD — Je vous en prie ! Je suis gouvernante !

ARTHUR — Ouais enfin, vous changez les draps, quoi... Je suis déjà pas poli avec les Empereurs romains, je vais pas me gratter pour une gouvernante !

GUENIÈVRE — Vous apprendrez qu'Angharad est ici en qualité d'amie et non en tant qu'employée de maison.

ANGHARAD — Entre parenthèses, je sais que c'est un effet de votre bonté mais, si je dois être franche, je me sens plus mal à l'aise qu'autre chose.

GUENIÈVRE — Soyez tranquille. Vous êtes mon amie, il ne peut rien vous arriver.

ANGHARAD — Si, d'être mal à l'aise...

ARTHUR *(à sa femme)* — Sans blague, c'est tout ce que vous avez trouvé, comme amie ?

GUENIÈVRE — C'est pas votre maîtresse, déjà. C'est un début ! *(se reprenant)* Enfin, à moins que...

ANGHARAD — Certainement pas !

ARTHUR — Ah non, ça, je confirme.

GUENIÈVRE — Figurez-vous que c'est pas si simple de trouver une femme bretonne de moins trente-cinq ans qui soit pas votre maîtresse.

ARTHUR *(ironique)* — Rien ne vous empêche de taper dans le troisième âge ! Ça réglerait la question de la gaieté du repas du soir : à cette heure-ci, ils sont tous couchés.

ANGHARAD — Si Monsieur et Madame préfèrent s'envoyer des fions dans l'intimité, je peux aussi me retirer…

ARTHUR — Personne vous retient.

GUENIÈVRE *(à Angharad)* Restez, c'est un ordre !

ANGHARAD — Un ordre, un ordre… Je suis pas casquée pour surveiller les cuillers pendant les séances d'engueulade, moi !

ARTHUR *(à Guenièvre)* — Vous donnez des ordres à vos amies, maintenant ? Je comprends que vous en ayez pas des masses !

GUENIÈVRE — Je suis vos conseils, mon bon ami. Je m'entoure. Je me fais des relations.

ARTHUR — Ah non mais c'est prestige…

ANGHARAD — J'ai jamais dit que j'étais du prestige !

ARTHUR — Ah non, vous avez bien fait.

GUENIÈVRE — De toute façon, je suis la Reine, j'invite qui je veux à ma table.

ARTHUR — OK.

4. INT. SALLE À MANGER – SOIR

Ce soir, ARTHUR est venu dîner avec une servante. En face de lui, GUENIÈVRE a de nouveau invité ANGHARAD.

GUENIÈVRE — Qu'est-ce que vous manigancez, encore ?

ARTHUR — Quoi, qu'est-ce qu'il y a ? Vous invitez vos amis, j'invite les miens !

GUENIÈVRE — Ce n'est pas votre amie, c'est une bonniche !

ARTHUR — Eh ben et vous ? C'est la Duchesse d'Aquitaine, peut-être ?

ANGHARAD — Non, moi, je suis gouvernante. Elle, par contre, c'est une vraie bonniche.

GUENIÈVRE — Vous savez même pas comment elle s'appelle !

ANGHARAD — C'est une esclave grecque, elle parle même pas la langue !

ARTHUR — Qu'est-ce que j'en ai à foutre ? Si j'ai envie d'avoir des amis qui parlent pas la langue…

GUENIÈVRE — Attention, si c'est votre maîtresse, ça compte pas comme amie !

ARTHUR — Mais j'ai jamais dit que c'était ma maîtresse !

GUENIÈVRE — C'est pas votre maîtresse ?

ARTHUR *(après une hésitation)* — Peu importe… Si ça se trouve, vous et Angharad… moi je vais pas tout vérifier !

ANGHARAD *(outrée)* — Ah bah celle-là, c'est la plus forte de la semaine !

GUENIÈVRE *(à Angharad)* — Laissez, c'est de la provocation.

ARTHUR — Bon bah, on va pas s'engueuler ! Une soirée entre potes…

Il s'apprête à servir la servante.

ARTHUR — Allez… machine, faites péter votre assiette.

La servante, ne comprenant pas un mot de ce qu'Arthur vient de dire, n'a aucune réaction.

Arthur *(souriant, aux autres)* — On s'entend comme larrons en foire.

FERMETURE

5. INT. CHAMBRE D'ARTHUR – SOIR

Arthur et Guenièvre sont au lit.

Guenièvre — Je suppose que vous ne venez pas au grand pique-nique dans les collines, demain…

Arthur — Si.

Guenièvre — Si ? Je croyais que vous supportiez pas les sorties de groupe ? Je vous préviens : on est huit !

Arthur — On n'est pas huit, on est neuf.

Guenièvre — Quoi ?

Arthur — Je viens avec ma copine.

Guenièvre — Oh mais c'est ridicule ! Vous n'allez pas venir avec une esclave, vous savez même pas comment elle s'appelle !

NOIR

Arthur *(over)* — Je m'en fous de comment elle s'appelle ; c'est ma copine.

59
Le Donneur

A. Astier

3 CORS

1. EXT. REMPARTS – JOUR

Léodagan et Arthur parlent avec gravité.

Léodagan — Ils ont tout saccagé, les salauds ! Et la garde a pas bougé un orteil !

Arthur — Qui c'est qui était responsable de la garde ?

Léodagan — Ah dites, hé… me demandez pas de balancer, s'il vous plaît !

Arthur — Bah… c'était pas vous ?

Léodagan *(vexé)* — Non mon Seigneur ! C'était Bohort !

OUVERTURE

2. INT. SALLE DE LA TABLE RONDE – JOUR

Arthur et Père Blaise ont convoqué Bohort.

Arthur — Vous croyez pas que vous avez quelques explications à nous fournir ?

Bohort — Je me sens pas très à l'aise…

Père Blaise — Vous voulez qu'on vous rappelle les faits ?

Bohort — Je suis pas sûr que ça me mette à l'aise…

Père Blaise *(lisant)* — Hier soir, une douzaine d'individus masqués se sont introduits dans l'enceinte du village fortifié. Ils ont pillé la Taverne de la Corneille et la boutique de Bonsall, le vendeur de boucliers.

Arthur — Voilà. Alors bon, des connards qui viennent foutre le brin au village, c'est pas les premiers. Ce qui me gêne un peu plus ce coup-ci, c'est que visiblement…

Père Blaise *(lisant)* — … les bandits n'ont rencontré aucune résistance.

Bohort — Fort heureusement, l'incident n'a fait aucune victime !

Arthur — Oui m'enfin quand même : aucune résistance.

Père Blaise — Et hier soir, c'était vous, le responsable de la garde.

Bohort *(après une seconde)* — Je vois où vous voulez en venir mais honnêtement, je me sens pas très à l'aise.

3. INT. SALLE DE LA TABLE RONDE – JOUR

L'interrogatoire continue.

Arthur — C'est pas la peine de tourner autour du pot ! S'ils ont rencontré aucune résistance, c'est qu'il y en avait pas !

Père Blaise — Les gardes étaient pas à leur poste !

Bohort — Fort heureusement, l'incident n'a fait aucune victime !

ARTHUR — Une chance pour vous ! Là, c'était une bande de cakes à la petite semaine mais si ça avait été des vrais salopards, il y en aurait eu, de la victime !

PÈRE BLAISE — Et ça aurait été pour votre cul !

ARTHUR — Alors maintenant, vous allez nous expliquer comment ça se fait que ces cons-là sont rentrés dans le village sans croiser un garde !

BOHORT *(très oppressé)* — Les malfrats ont dû trouver une faille dans notre système de rondes !

ARTHUR — Je pense bien ! Et puis elle est pas dure à trouver la faille : il y a pas de gardes !

BOHORT — Oh, pas de gardes... Il faut rien exagérer !

PÈRE BLAISE — On a des témoins, Bohort ! Au moment de l'attaque, ça faisait plus de deux heures qu'on avait pas vu passer une ronde !

ARTHUR — Et vous ? Où est-ce que vous étiez ?

BOHORT — Mais... ici, dans ma chambre !

PÈRE BLAISE — Et quand il y a un pépin pendant que vous pioncez, qui est censé vous prévenir ?

BOHORT — Le sergent...

ARTHUR — Et où il était, le sergent ?

BOHORT — Avec les autres gardes...

PÈRE BLAISE — Mais où ?

BOHORT hésite quelques secondes.

BOHORT — J'assume ma faute, Sire. J'étais en charge de la coordination, il y a eu un impair, prenez les sanctions qui s'imposent.

ARTHUR et PÈRE BLAISE se regardent, étonnés du courage de BOHORT.

ARTHUR — Alors celle-là, j'avoue que je m'y attendais pas…

PÈRE BLAISE — Bohort qui affronte la sanction, ça me coupe le sifflet.

ARTHUR — C'est quand même louche.

PÈRE BLAISE — Comment ça, louche ?

ARTHUR — Vous seriez pas en train de couvrir quelqu'un, Bohort ?

BOHORT *(coincé)* — Je tiens tout de même à vous rappeler que fort heureusement, l'incident n'a fait aucune victime.

4. INT. SALLE DE LA TABLE RONDE – JOUR

ARTHUR et PÈRE BLAISE harcèlent BOHORT. Ils hurlent.

PÈRE BLAISE — Qui est-ce que vous protégez ?

ARTHUR — Répondez, Bohort ! De toute façon, je finirai par le savoir !

BOHORT — Jamais ! Jamais je ne trahirai mes camarades !

PÈRE BLAISE — Quels camarades ? Allez, vous en avez déjà trop dit !

BOHORT — J'ai pas dit « camarades ! » J'ai dit… *(s'effondrant)* J'ai dit « caravane »… Laissez-moi tranquille. Vous êtes des monstres. L'incident n'a fait aucune victime…

ARTHUR et PÈRE BLAISE se regardent puis considèrent BOHORT.

PÈRE BLAISE *(avec douceur)* — Allez Bohort. Dites-nous tout.

BOHORT *(se calmant un peu)* — Voilà plusieurs semaines que les Seigneurs Karadoc et Perceval organisent des parties de dés avec les soldats de la garde... Ils se réunissent dans une taverne et jouent jusqu'au petit matin, à un jeu du Pays de Galles dont seul Perceval connaît les règles.

FERMETURE

5. INT. SALLE DE LA TABLE RONDE – JOUR

L'interrogatoire est terminé. BOHORT regrette.

BOHORT — Je suis un misérable !

ARTHUR — Non, Bohort. Vous avez fait ce qui fallait.

BOHORT — Promettez-moi de ne pas être trop durs avec eux !

PÈRE BLAISE — Ah bah là, ils vont quand même manger bon, les deux fumiers !

NOIR

BOHORT *(OVER)* — N'oubliez pas que l'incident n'a fait aucune victime...

60
Le Jeu Du Caillou

A. ASTIER

3 CORS

1. EXT. PLACE DE LA CHAPELLE – JOUR

KARADOC et KADOC jouent à envoyer une petite pierre au plus près d'un mur. LANCELOT arrive.

LANCELOT — Seigneur Karadoc ! On peut vous demander ce que vous fabriquez ?

KARADOC — Vous connaissez pas le jeu du caillou ?

LANCELOT — Et vous croyez que c'est malin de faire ça ?

KARADOC — Ah bah, moi, je préférerais jouer aux quilles, c'est sûr ! Mais mon frère, il y a que le jeu du caillou qu'il comprend.

OUVERTURE

2. EXT. PLACE DE LA CHAPELLE – JOUR

LANCELOT continue à faire la leçon à KARADOC.

LANCELOT — Vous croyez qu'Arthur serait content s'il vous voyait vous tourner les pouces ?

KARADOC — Ça va ! Je m'occupe de mon frère !

KADOC — Karadoc, il s'occupe mais c'est pas ma tatan.

LANCELOT — Et votre frère, vous croyez pas qu'il y aurait des choses plus intelligentes à lui faire faire ?

KARADOC — Mais il peut pas les faire, les choses intelligentes ! Hier, je l'ai emmené voir le poulailler, il a tué deux poules avec une bassine !

KADOC — Où elle est la poulette ?

KARADOC — Si vous croyez que c'est facile !

LANCELOT — Mais qu'est-ce qu'il fout là, votre frère, au juste ? Il a pas un chez lui ?

KARADOC — Chez ma tante mais elle me l'a collé dans les pattes !

KADOC *(hurlant)* — Les pattes de canaaaaaaaaaaaaaaard !

KARADOC — Il me crève. D'ailleurs, vous pouvez me remplacer, le temps que j'aille pisser ?

LANCELOT — Quoi ? Non mais vous allez bien, oui ?

KARADOC — Je peux pas le laisser tout seul, il va attaquer quelqu'un !

LANCELOT — Mais qu'est-ce que j'en ai à fiche, moi, de vos histoires ?

KARADOC — Il faut juste faire attention qu'il vous lance pas le caillou dans la tête.

3. EXT. PLACE DE LA CHAPELLE – JOUR

LANCELOT joue au jeu du caillou avec KADOC. Il lance.

LANCELOT — Là. Ça fait un point pour moi.

KADOC — À Kadoc.

LANCELOT — De quoi ?

KADOC — De quoi ?

LANCELOT — Qu'est-ce que vous avez dit ?

KADOC — Où elle est la poulette ?

LANCELOT — Vous voulez plus jouer ?

KADOC — À Kadoc.

LANCELOT — Mais qu'est-ce que vous me chantez, bon sang ?

KARADOC arrive.

KARADOC — Il dit que c'est à lui de jouer. C'est lui, il s'appelle Kadoc.

KADOC — À Kadoc.

LANCELOT — Ah... Eh ben mon vieux, c'est pas simple !

KARADOC — Non mais il faut pas essayer de parler avec lui quand je suis pas là. C'est un coup à piquer une crise de nerfs. *(à Kadoc)* Allez, jouez !

KADOC joue.

KADOC — Hop là !

KARADOC — Très bien ! À moi !

LANCELOT — Il s'en sort drôlement bien, dites donc !

KARADOC — Il a toujours été doué avec ses mains. Chez ma tante, il paraît qu'il a fait une reproduction de la ferme tout en bouse et en petits bouts de bois.

Il jette son caillou.

KARADOC — Ah, un peu loin.

LANCELOT ramasse un caillou par terre.

KARADOC — Qu'est-ce que vous faites ?

LANCELOT — Ben quoi ? C'est pas à moi ?

KARADOC — Mais vous restez jouer ?

LANCELOT — Bah maintenant que j'ai commencé…

KARADOC — Bon bah à vous…

LANCELOT lance et atteint le mur.

LANCELOT — Ah zut… J'ai pris un caillou trop léger.

ARTHUR arrive.

ARTHUR — Mais qu'est-ce que vous foutez là ?

LANCELOT — Ah, Sire ! Vous allez rire !

ARTHUR — Ah bah ça m'étonnerait ! Je vous signale quand même que ça fait une heure que je me farcis les étages pour vous trouver !

KARADOC — On joue au jeu du caillou…

ARTHUR — Quoi ?

LANCELOT — Moi, j'ai juste surveillé le frère de Karadoc pour lui permettre d'aller uriner.

KADOC *(à Arthur, fort)* — Elle est où la poulette ?

4. EXT. PLACE DE LA CHAPELLE – JOUR

ARTHUR joue avec les autres.

ARTHUR — Arrêtez de parler, vous me déconcentrez !

KARADOC — Allez, mais ça se joue vite, ça, Sire !

LANCELOT — Faut y aller un peu à l'instinct, aussi !

KADOC *(dans une crise d'hystérie)* — Mordu ! Mordu ! Mordu ! Morduuuuuuuuuuuuu !

ARTHUR — Ho, qu'est-ce qui se passe ?

LANCELOT — Qu'est-ce qui lui prend, à celui-là ?

KARADOC — Stop ! Stop ! Sire, reculez, vous voyez bien que vous mordez sur la ligne !

ARTHUR recule d'un demi-pas. Instantanément, KADOC reprend un comportement normal.

LANCELOT *(à Karadoc)* — Eh ben mon vieux, ça doit pas être de tout repos !

KARADOC — J'en ai marre ! J'ai hâte que ma tante vienne le chercher…

KADOC — Tatan, elle fait des flans.

PÈRE BLAISE arrive.

PÈRE BLAISE — Est-ce qu'on peut savoir ce que c'est que ce chantier ?

LANCELOT — Tiens, vous êtes là, vous ?

PÈRE BLAISE — Oui, je suis là ! Figurez-vous que le machin derrière vous avec le toit pointu, c'est une chapelle ! Autrement dit, un lieu de recueillement !

ARTHUR — Ça va ! On a eu un petit coup de sang !

PÈRE BLAISE — Sans blague, vous êtes obligés de venir hurler ici ?

KADOC — Il ressemble à tatan.

KARADOC rit.

KARADOC — Je suis désolé mais c'est vrai, il y a quelque chose.

FERMETURE

5. EXT. PLACE DE LA CHAPELLE – JOUR

ARTHUR, KARADOC, KADOC, LANCELOT et PÈRE BLAISE jouent au jeu du caillou. PÈRE BLAISE lance.

PÈRE BLAISE — Oh mais c'est pas vrai ! Qu'est-ce que c'est que ces cailloux de merde, là !

LANCELOT — C'est pas la peine de s'en prendre aux cailloux !

ARTHUR — Bon, à machin !

KADOC — À KADOC.

KADOC lance.

NOIR

Tous protestent.

KARADOC *(OVER)* — Je sais, il est chiant, il gagne tout le temps.

61
L'Alliance

A. ASTIER

3 CORS

1. EXT. REMPARTS – JOUR

BOHORT arrive vers ARTHUR en courant, un petit paquet ficelé dans les mains.

BOHORT — Sire ! Sire ! Un paquet pour vous !

ARTHUR — Pourquoi vous cavalez ? C'est urgent ?

BOHORT *(lui donnant le paquet)* — Sûrement, ça vient d'un Chef de Clan !

ARTHUR *(regardant alentour)* — Mais… qu'est-ce que c'est qui pue, comme ça ?

BOHORT — C'est le paquet, Sire. J'ai l'impression que c'est de la fiente.

ARTHUR regarde BOHORT sans réaction.

BOHORT — Vous l'ouvrez pas ?

OUVERTURE

2. INT. COIN DU FEU - NUIT

ARTHUR et LÉODAGAN de détendent auprès de l'âtre en buvant une coupe.

LÉODAGAN — Vous en tirez une tronche, pardon ! Il y a quelque chose qui vous turlupine ?

ARTHUR — J'ai des problèmes avec un Chef de Clan.

LÉODAGAN — Allons bon. Lequel ?

ARTHUR — Un Calédonien. Il veut pas se rallier, il fout la merde et les autre Clans commencent à se poser des questions.

LÉODAGAN — Cette idée de fédérer les Clans, aussi... Je vous ai dit : le seul moyen de les fédérer, c'est de tout faire cramer.

ARTHUR — Il y en a un qui fait un peu le mariole mais les autres, ils se tiennent à carreau, je vous ferai remarquer.

LÉODAGAN — Ouais, jusqu'à ce que ça pète.

ARTHUR — Eh ben, avant que ça pète, il faut que je règle cette histoire. Que les autres comprennent qu'on peut pas me souffler dans les bronches comme ça.

LÉODAGAN — Mais qu'est-ce qu'il dit, votre Chef de Clan, au juste ?

ARTHUR — Qu'ils ont pas besoin d'être fédérés, qu'il faut qu'ils protègent leur identité ethnique...

LÉODAGAN — Je vous balancerais tous ces cons aux requins, moi... Ce serait vite réglé !

ARTHUR — Il faut absolument qu'on évite la révolte.

LÉODAGAN — Cramez tout. Il y aura pas de révolte.

3. INT. SALLE DE LA TABLE RONDE – JOUR

Les Chevaliers de la Table Ronde débutent une séance.

ARTHUR — Bon ! Alors, aujourd'hui…

PÈRE BLAISE — Bah, c'est pas moi qui dis l'ordre du jour ?

ARTHUR — Non mais c'est pas dans l'ordre du jour, ça.

PÈRE BLAISE — Bah vous voulez pas qu'on le rajoute ?

ARTHUR — Mais c'est bon, je voudrais parler d'un truc…

PÈRE BLAISE — Vous me l'auriez dit, je l'aurais rajouté !

ARTHUR — Ah mais merde avec votre ordre du jour !

PÈRE BLAISE se vexe sans mot dire.

ARTHUR — Donc… on a un problème avec un Chef de Clan.

LÉODAGAN — On aura toujours des problèmes avec les Chefs de Clan. Il faut les zigouiller.

ARTHUR — Ah non, beau-père, s'il vous plaît, ne commencez pas.

LÉODAGAN — N'empêche…

ARTHUR — C'est un Calédonien. Calogrenant, vous le connaissez sûrement…

CALOGRENANT — Vous savez, les Chefs de Clan, je passe pas ma vie avec, hein !

ARTHUR — Celui-là, il s'appelle Conran. Ça vous dit quelque chose ?

CALOGRENANT *(vague)* — Ouais, je crois que c'est le vieux connard qui est sur la côte. Il est déjà venu m'emmerder deux-trois fois…

GALESSIN — Mais qu'est-ce qu'il veut, exactement ?

ARTHUR — Il veut pas se fédérer.

PERCEVAL *(râlant)* — Encore !

Il soupire de lassitude.

ARTHUR — Quoi « encore » ?

PERCEVAL — J'en ai marre ! À chaque fois, ça revient sur le tapis, ça…

ARTHUR *(énervé)* — Quoi « ça » ?

PERCEVAL — « Fédéré » ! D'habitude, je dis rien mais là, zut ! Je sais pas ce que ça veut dire ! Moi, je veux bien faire des efforts pour comprendre les réunions mais il faut que chacun y mette un peu du sien, aussi ! Là, voilà, c'est parti pour une heure avec du « fédéré » par-ci, du « fédéré » par-là, je vais encore rien biter ! Ça me gonfle !

Les Chevaliers se regardent, sans trop trouver quoi dire.

BOHORT — Notre Roi a décidé, il y a quelques années, de rallier les Clans autonomes de Bretagne à la cour de Kaamelott afin de centraliser les actions militaires et de faciliter les transactions territoriales à l'aide d'une monnaie commune.

PERCEVAL regarde les autres Chevaliers.

PERCEVAL — Si c'est ça, ça va.

4. INT. SALLE DE LA TABLE RONDE – JOUR

La réunion se poursuit.

CALOGRENANT — Attendez… On dit « Chef de Clan » parce qu'il faut bien dire quelque chose, mais Conran, il doit avoir trois cahutes sur la plage, ils sont une dizaine à tout casser et c'est que des clodos…

GALESSIN — N'empêche que c'est un Clan. On va pas commencer à faire deux poids deux mesures.

LÉODAGAN — Cramez tout ça, je vous dis…

BOHORT — Pardon mais la plupart des Chefs de Clan se sont ralliés à Kaamelott le plus volontiers de monde ! Ce sont à présent de fidèles alliés !

KARADOC — Et puis quand ils viennent faire la fiesta ici, ils amènent toujours des spécialités régionales !

ARTHUR — Oui mais Conran, il dit à tous les autres Chefs de Clan qu'on profite d'eux, qu'ils y perdent plus qu'ils y gagnent… Bref, qu'ils ont pas besoin de nous.

LÉODAGAN — C'est surtout nous qui avons pas besoin d'eux !

ARTHUR — Hervé, c'est pas vous qui êtes allé voir Conran, la semaine passée ?

HERVÉ DE RINEL — Si, en tournée d'inspection.

ARTHUR — Et vous avez eu bon accueil ?

HERVÉ DE RINEL — Ils m'ont dit d'aller me faire mettre. Après, ils m'ont jeté des gadins et une marmite avec un restant de soupe de poissons.

CALOGRENANT — Ah mais c'est ça qui pue !

FERMETURE

5. INT. COIN DU FEU – NUIT

ARTHUR et LÉODAGAN sont de nouveau au coin du feu.

LÉODAGAN *(remarquant la mine d'Arthur)* — C'est toujours votre Chef de Clan qui vous obsède ?

ARTHUR — Quand je pense à ce que j'ai fait pour eux et que je vois comment ils me chient dans les bottes, je sais pas ce qui me retient de faire flamber leurs cahutes, à ces cons.

LÉODAGAN — Eh oui… c'est jamais les idées qui vous manquent…

NOIR

LÉODAGAN *(OVER)* — … c'est la conviction de devoir les réaliser.

62
Le Secret D'Arthur

A. ASTIER

3 CORS

1. INT. CHAMBRE DE DEMETRA – NUIT

ARTHUR et DEMETRA sont au lit.

DEMETRA — Vous en avez déjà rencontré, des Empereurs romains ?

ARTHUR — Je les ai tous rencontrés depuis Valentinien III, quand j'étais tout petit.

DEMETRA — Alors, ça fait quel effet ?

ARTHUR — C'est marrant. Ils se prennent tous pour Marc-Aurèle, ils font des phrases à rallonge… Ils croient qu'ils impressionnent.

DEMETRA — Et celui de maintenant, qu'est-ce qu'il vous a dit quand vous l'avez vu ?

ARTHUR — Il m'a dit : « T'es qu'un vilain ! » Mais bon, il a onze ans et demi.

OUVERTURE

2. INT. SALLE À MANGER – JOUR

ARTHUR reçoit sa mère à table. LÉODAGAN et SÉLI sont présents.

SÉLI *(à Léodagan)* — Vous connaissez la dernière de votre fils ?

LÉODAGAN — Qu'est-ce qu'il a fait encore ?

SÉLI — Monsieur Yvain raconte à tout le monde qu'il s'appelle « le Chevalier au Lion ».

LÉODAGAN — « Le Chevalier au Lion » ? En quel honneur ?

SÉLI — Il dit que ça fait hyper classe.

LÉODAGAN désespère.

LÉODAGAN — Je sais plus quoi faire avec celui-là. Il va même plus aux entraînements. Soi-disant qu'il arrive pas à se lever.

ARTHUR — Vous inquiétez pas, beau-père. Moi non plus, quand j'avais son âge, j'arrivais pas à me lever.

LÉODAGAN — Parce que vous croyez que vous êtes un exemple !

YGERNE — L'éducation, il faut pas la faire soi-même. Il faut confier ça à des agressifs. Pour Arthur, j'ai choisi ce qu'il y avait de plus sec.

SÉLI — Bah, tout de même… Si vous parlez de son père adoptif…

LÉODAGAN — Anton ? Ben ouais, je le connais. C'est plutôt le bon gars, il me semble.

YGERNE — Non mais Anton, c'est quand il était tout petit ! Pour le sevrage ! Mais dès qu'il a eu dix ans…

ARTHUR *(coupant sa mère)* — Mère ! Enfin… *(embarrassé)* Ça intéresse personne, ces histoires…

SÉLI — Mais si !

YGERNE — De dix à vingt ans, il a été élevé par les Romains, à l'école militaire.

SÉLI *(avec dégoût)* — Par les Romains ?

LÉODAGAN quitte la table. YGERNE ne comprend pas.

3. INT. SALLE À MANGER – JOUR

ARTHUR discute avec sa mère. SÉLI est restée.

YGERNE — Dites tout de suite que vous avez honte de votre éducation !

ARTHUR — Mais ça n'a rien à voir avec la honte !

SÉLI — N'empêche que vous vous êtes bien gardé de le dire à qui que ce soit !

ARTHUR — Je peux pas raconter ça comme ça ! Vous voyez bien les réactions que ça suscite !

LÉODAGAN hurle depuis la pièce voisine.

LÉODAGAN *(OFF, hurlant)* — Quand je pense que j'ai marié ma fille à un Romain, je suis à deux doigts de cramer le château !

ARTHUR *(désignant Léodagan à Séli)* — Dans ce genre-là, par exemple.

SÉLI — Pour une fois, je suis d'accord avec lui ! Si on avait su ça…

ARTHUR — Si vous aviez su ça quoi ? Venez pas me la jouer ! Votre fille, vous l'auriez mariée à n'importe qui pourvu qu'il soit Roi de Bretagne !

SÉLI — À n'importe qui sauf à un Romain.

ARTHUR — Je suis pas romain.

YGERNE — Ça vous pose un problème que mon fils ait suivi le cursus militaire le plus réputé du monde ?

SÉLI — Et le peuple breton, il est au courant, à votre avis, que le Roi est romain ?

ARTHUR — Mais je suis pas romain, merde !

LÉODAGAN *(OFF)* — Quand je vais annoncer ça aux collègues, il va y avoir un beau bordel, c'est moi qui vous le dis !

ARTHUR *(à Séli)* — Ah non ! Il va pas aller brailler ça sur les toits !

SÉLI — Ah bah ça, mon petit père, vous pouvez compter sur lui !

YGERNE *(choquée)* — « Mon petit père » ? *(à Arthur)* Vous n'allez pas vous laisser parler comme ça !

SÉLI — J'ai craché sur les pompes de l'Empereur Justinien, une fois. Je vais pas me gratter pour un de ses sous-fifres !

ARTHUR — Mais je bosse pas pour Justinien ! Quel rapport ?

SÉLI — Un Romain, c'est un Romain.

ARTHUR *(sur-articulant)* — Je suis pas romain !

SÉLI — C'est pareil.

LÉODAGAN *(OFF)* — Je vais vous en coller, des Tables Rondes, moi ! De la fraternité ! Votre Graal, vous irez le chercher tout seul ! Et si vous le trouvez, vous pourrez vous le mettre où je pense !

4. INT. CHAMBRE D'ARTHUR – NUIT

Arthur et Guenièvre sont au lit. L'atmosphère est tendue.

Guenièvre — Là, j'avoue que je sais pas bien quoi dire…

Arthur — Mais il y a rien à dire ! Qu'est-ce que vous voulez dire ?

Guenièvre — C'est assez déroutant de s'apercevoir qu'on est mariée à un homme qu'on connaît si peu…

Arthur — On nous a présentés trois jours avant notre mariage, je vous rappelle. Et c'est maintenant que vous êtes déroutée ?

Guenièvre — Mais depuis le temps, tout de même, c'est incompréhensible que ça ne soit pas venu sur le tapis !

Arthur — Mais de toute façon, est-ce que c'est si important que ça ?

Guenièvre — Bah… C'est-à-dire que je suis quand même mariée à un Romain…

Arthur *(s'imposant le calme)* — Je ne suis pas romain.

Guenièvre — Je sais pas ce qu'il vous faut…

Arthur — À votre avis, de l'armée de Rome ou de la mienne, laquelle est la plus puissante ?

Guenièvre — Vous me demandez ça à moi ? J'y connais rien… L'armée de Rome, je suppose.

Arthur — Tout juste. Ils sont à peu près mille fois plus nombreux. S'ils voulaient raser la Bretagne, ça leur prendrait en gros une petite matinée, à tout casser.

Guenièvre — Où est-ce que vous voulez en venir ?

Arthur — Pourquoi est-ce qu'ils acceptent de laisser un Roi « local » fédérer les Clans bretons ?

GUENIÈVRE — Mais j'en sais rien... Parce qu'ils sont gentils !

ARTHUR — Parce que je suis de chez eux. Si j'avais pas fait mes classes à Rome, il y aurait pas de Kaamelott. Pensez-y.

ARTHUR reprend sa lecture.

FERMETURE

5. INT. CHAMBRE D'ARTHUR – NUIT

ARTHUR se couche auprès de sa femme. Il tient un vieux casque romain.

ARTHUR — Regardez ce que j'ai retrouvé.

GUENIÈVRE — Oh, c'est romain ?

ARTHUR — C'est celui que je portais quand j'avais seize ans...

GUENIÈVRE fait mine de vouloir saisir l'objet.

GUENIÈVRE — Je peux ?

ARTHUR donne le casque à sa femme qui s'en coiffe.

GUENIÈVRE — Alors ? Est-ce que je fais romaine ?

ARTHUR — Absolument pas.

GUENIÈVRE *(vexée)* — Je ne suis pas assez chic, c'est ça ? Je n'ai pas le port de tête de vos anciennes conquêtes latines !

NOIR

ARTHUR *(OVER)* — Non, les Romaines portent pas de casque. C'est tout.

63
Aux Yeux De Tous

A. ASTIER

3 CORS

1. INT. COIN DU FEU – NUIT

ARTHUR et LANCELOT passent un moment auprès de l'âtre.

LANCELOT — Sire, vous qui avez la chance de pouvoir la voir, à quoi elle ressemble, la Dame du Lac ?

ARTHUR — Elle est belle. Non, sans déconner, c'est une belle fille.

LANCELOT — Vous… Enfin, je veux dire, il y a eu quelque chose… ?

ARTHUR — Non. Non, non.

LANCELOT — Pourquoi ? Question de caractère ?

ARTHUR — Oui et puis on vit pas dans la même dimension, surtout. Alors c'est le merdier…

OUVERTURE

2. INT. SALLE DU TRÔNE – JOUR

Alors qu'Arthur, Lancelot et Bohort attendent une prochaine visite, la Dame du Lac apparaît dans la pièce. Arthur sursaute.

Arthur — Ah !

Lancelot — Que se passe-t-il, Sire ?

Arthur — Rien, la Dame du Lac.

la Dame du Lac — Je suis désolée de vous déranger en plein milieu de vos obligations mais c'est urgent.

Arthur — Je vous écoute.

Bohort — Vous écoutez qui, Sire ?

Arthur — Ah non, alors attendez. Vous allez pas me la faire à chaque fois, celle-là ! Je parle avec la Dame du Lac, alors comme vous ne pouvez ni la voir, ni l'entendre, vous attendez que j'aie fini et surtout, vous posez pas de questions. D'accord ?

Bohort — D'accord.

Arthur se retourne vers Lancelot.

Lancelot — Quoi, j'ai rien dit, moi !

Arthur *(à la Dame du Lac)* — Je vous écoute.

la Dame du Lac — En fait, ce serait pour une mission mais je voudrais pas vous rajouter du travail ; vous m'avez l'air bien à bloc, déjà.

Bohort regarde Arthur.

Arthur — Non mais si vous voulez, c'est où, exactement ?

Bohort scrute la salle. Personne. Il regarde Lancelot qui le regarde à son tour d'un air sceptique.

3. INT. COIN DU FEU – NUIT

Léodagan et Perceval se détendent auprès du feu.

Léodagan — Bon allez… On va aller se coucher parce que c'est pas tout ça mais demain, il y a fête à bras !

Perceval — Pourquoi ? Qu'est-ce qu'il y a, demain ?

Léodagan — Ben faut partir en mission de je sais plus quoi…

Perceval — Mais où ?

Léodagan — Je sais plus… Encore un cadeau de la Dame du Lac, il paraît. Chaque fois qu'elle se pointe, celle-là, le lendemain, crac ! Il faut qu'on se tire à l'autre bout du pays pour aller récupérer une merde.

Perceval — Parce qu'elle est venue aujourd'hui ?

Léodagan — En plein milieu de la salle du Trône ! Vous voyez d'ici, le tableau !

Perceval — Mais vous l'avez vue, vous ?

Léodagan — Bah non ! Ni moi, ni personne ! Il y a que notre bon Roi. Nous, on peut pas prétendre. Parce que vous comprenez, on n'en vaut pas la peine…

Perceval — Moi, j'avais compris que, comme c'était la cousine du Roi, elle voulait voir que lui parce que c'est une personne sensible, qui est facilement impressionnée en société.

Léodagan — Non, c'est pas ça.

Perceval — Enfin, c'est plus ou moins ça…

Léodagan — Non, c'est pas ça du tout. Vous n'avez carrément rien bité au tableau. La version officielle, c'est qu'il y a que lui qui peut la voir. Et la version bibi, c'est qu'il a rien trouvé de mieux pour se rendre intéressant et pour nous faire bosser deux fois plus.

PERCEVAL — Mais quel rapport avec le fait que c'est sa cousine ?

LÉODAGAN — Mais il y a pas de cousine ! Il y a pas de Dame du Lac ! Tout ça, c'est de la flûte ! Si elle existe, eh ben qu'elle se montre ! En attendant, c'est juste une combine de plus pour se payer notre tête !

PERCEVAL — Mais elle se montrera jamais de toute façon… Elle est facilement impressionnée en société !

4. INT. SALLE DU TRÔNE – JOUR

ARTHUR, BOHORT et LANCELOT sont de nouveau en séance de doléances. La Dame de Lac apparaît. ARTHUR sursaute.

ARTHUR — Ah !

BOHORT — Que se passe-t-il, Sire ?

LANCELOT — Encore la Dame du Lac ?

ARTHUR — Ouais…

LA DAME DU LAC — Je suis désolée de vous déranger mais j'ai entendu dire qu'il y en avait certains dans votre entourage qui remettaient mon existence en question. Rapport au fait qu'ils me voient pas…

ARTHUR — Et c'est maintenant que vous l'entendez dire, ça ? Eh ben il serait temps ! Je vous signale quand même que ça fait des années que tout le monde se paye ma gueule et me prend pour un givré de première avec cette histoire !

LA DAME DU LAC — Du coup, j'ai pensé que je pourrais peut-être apparaître aux yeux de tous ! Juste pour un coup ! Ça couperait court aux ragots !

ARTHUR — Ah bah si vous pouvez, je vous en prie, ne vous privez pas !

La Dame du Lac se transforme en Bohort, habillé en Centurion romain.

Lancelot — Mais… c'est Bohort !

Bohort — Mais… Mais… qu'est-ce que c'est que cette histoire ?

Arthur *(à la Dame du Lac)* — Mais qu'est-ce que vous foutez ?

la Dame du Lac / Bohort *(avec la voix de la Dame du Lac)* — Quoi, ça vous va pas ?

FERMETURE

5. INT. SALLE DU TRÔNE – JOUR

Arthur, Bohort et Lancelot font toujours face à la Dame du Lac, apparue sous les traits de Bohort habillé en Romain.

la Dame du Lac / Bohort *(avec la voix de la Dame du Lac)* — Je suis désolée, je peux pas apparaître sous ma vraie forme !

Arthur — Mais pourquoi en Romain, en plus ?

la Dame du Lac / Bohort *(avec la voix de la Dame du Lac)* — Bah, j'allais pas venir toute nue, quand même !

Bohort — Je crois que je vais me sentir mal…

Lancelot — Mais enfin, Sire, qu'est-ce que cela signifie ?

Arthur *(à la Dame du Lac)* — Bon, cassez-vous !

la Dame du Lac / Bohort *(avec la voix de la Dame du Lac)* — Bah quoi ? Comme ça, c'est clair !

Bohort s'évanouit.

ARTHUR — Tirez-vous !

NOIR

LA DAME DU LAC / BOHORT *(OVER, avec la voix de la Dame du Lac)* — Moi, c'est pour vous rendre service, hein !

64
Immaculé Karadoc

A. Astier

3 CORS

1. EXT. FORÊT – JOUR

Arthur et Karadoc examinent une carte. Arthur, visiblement intrigué, porte la carte à son nez et la renifle.

Karadoc — Qu'est-ce qui se passe ?

Arthur — C'est marrant, elle pue les pieds, cette carte…

Karadoc tend une coupe qui était sur la table à Arthur.

Karadoc — Et ça ?

Arthur *(reniflant la coupe)* — Ah bah merde… C'est vrai, ça aussi !

Karadoc — Non bah c'est moi, alors. Je pue les pieds *(suggérant une vaste sphère)* et ça englobe un peu…

OUVERTURE

2. INT. CHAMBRE DE KARADOC – MATIN

Karadoc et Mevanwi sont au lit. Ils viennent de se réveiller. Karadoc casse une graine.

Mevanwi — Je peux vous parler, mon ami ?

Karadoc — Qu'est-ce qu'il y a ?

Mevanwi prend son oreiller et le place devant elle.

Mevanwi — Vous savez ce que c'est, ça ?

Karadoc — Un oreiller ?

Mevanwi — Exactement. Je vais vous demander de le mémoriser.

Karadoc — Comment ça, de le mémoriser ?

Mevanwi — Essayez de l'imprimer dans votre mémoire, tel que vous le voyez maintenant.

Karadoc regarde l'oreiller.

Mevanwi — Ça y est ?

Karadoc — Je crois…

Mevanwi — Bon, alors maintenant, attention. C'est là que ça se joue.

Mevanwi prend l'oreiller de Karadoc et le place à côté du sien. Celui de Karadoc, en son milieu, est souillé d'une conséquente tache de crasse et de sueur séchée.

Mevanwi — Alors ?

Karadoc — Alors quoi ?

Mevanwi — Votre première impression ?

KARADOC *(désignant son oreiller)* — Celui-là est plus sale, non ?

MEVANWI — Comme vous dites. Et maintenant, si je vous dis que j'ai fait changer ces oreillers hier soir…

KARADOC — Je sais pas bien quoi dire…

MEVANWI — Écoutez… Vous m'aimez ?

KARADOC — Bah oui !

MEVANWI — Vous comptez me garder ?

KARADOC — Oui !

MEVANWI — Alors au nom de cette affection qui nous unit et de nos huit enfants, aujourd'hui, si vous tenez à nous, vous allez prendre un bain.

3. INT. SALLE DE BAIN – JOUR

MEVANWI est dans le bain. KARADOC hésite à y entrer.

MEVANWI — Venez !

KARADOC — Je le sens pas…

MEVANWI — Venez, je vous dis !

KARADOC — Je suis pas dans mon assiette.

MEVANWI — Vous m'avez fait tout un cirque parce que vous vouliez pas le prendre tout seul ! Maintenant que je suis dedans, vous venez !

KARADOC — Déjà, je vous regarde ! Comme ça, je saurai comment on fait !

MEVANWI — Écoutez-moi bien. Je commence à en avoir plein le dos de passer mes journées à aérer la chambre ! J'aimerais, au moins une fois dans ma vie, ne pas avoir l'impression de dormir dans un chenil !

KARADOC — Je suis désolé mais les autres, ils prennent pas plus de bains que moi !

MEVANWI — Les autres… Est-ce que les autres, comme vous dites, dissimulent des demi-fromages sous leurs vêtements ? Est-ce qu'ils se trimbalent toute la journée avec du pâté de campagne dans les poches ou des saucisses dans les bottines ?

KARADOC — C'est du manger, ça ! Ça sent pas mauvais !

MEVANWI — Karadoc ! Soit vous entrez dans ce bain, soit vous me perdez.

KARADOC, après avoir hésité encore quelques secondes, entre dans le bain, d'un coup, sans faiblir.

MEVANWI — Alors ?

KARADOC — Ouais…

MEVANWI — Ouais quoi ?

KARADOC — C'est pas mal. Ça détend.

MEVANWI — Ah, vous voyez ?

KARADOC — Il manque quelque chose.

MEVANWI — Du savon ?

KARADOC — Non, non… Je saurais pas vous dire quoi mais il manque quelque chose.

4. INT. SALLE DE BAIN – JOUR

KARADOC a fait installer sur la baignoire une planche transversale sur laquelle il s'est fait servir une collation.

KARADOC *(mangeant)* — Je vais vous dire, l'hygiène, on s'en fait tout un monde et puis finalement, il suffit de passer le cap !

MEVANWI — Est-ce que vous savez que vous ne vous êtes pas savonné ?

KARADOC — Deux secondes, ho ! Il y a pas le feu à la baignoire ! *(il rit)* Vous voulez une petite tartine ?

MEVANWI — Et tant que vous y êtes, vous ferez les cheveux, aussi.

KARADOC — Tout ce que vous voulez, ma mie.

MEVANWI — Et entre les orteils. Parce que je suppose que vous ne comptez pas vous immerger de façon régulière…

KARADOC — Pourquoi pas ? Si ça peut m'éviter de schlinguer, je peux bien me tremper les miches une ou deux fois par an !

MEVANWI — Vous savez que je prends quatre bains par semaine ?

KARADOC — Ouais mais vous, c'est n'importe quoi… Vous sentez plus rien. Moi, OK, je sens la poule moisie mais au moins, je sens quelque chose !

MEVANWI — Le plus curieux, c'est que vous êtes irréprochable sur l'hygiène dentaire…

KARADOC — Ah ça, les chicots, c'est sacré. Parce que si je les lave pas maintenant, dans dix ans, c'est tout à la soupe ! Et le mec qui me fera bouffer de la soupe, il est pas né.

FERMETURE

5. INT. SALLE DE BAIN – JOUR

ARTHUR s'installe dans son bain. À peine en place, il est gêné par quelque chose. Il cherche au fond de l'eau, peine puis découvre un saucisson à peine entamé. Il considère l'aliment avec perplexité.

NOIR

ARTHUR *(OVER)* — Karadoc !

65
La Morsure Du Dace

3 CORS

1. INT. COULOIRS – JOUR

Bohort arrive près de la porte de sa chambre. Soudain et de façon inexplicable, Arthur se trouve à côté de lui. Bohort sursaute.

Bohort *(sursautant)* — Ah ! *(reconnaissant le Roi)* Sire ! Mais… Excusez-moi, je ne vous avais pas vu… Vous êtes rentré de voyage ?

Arthur — J'arrive à peine…

Bohort — Alors, les Carpates florissantes ont-elles eu le loisir de vous plaire ?

Arthur — Ah, les Carpates, c'est chouette, je dis pas… Par contre, j'ai dû bouffer une saloperie : j'arrête pas de gerber du sang…

OUVERTURE

2. INT. LABORATOIRE DE MERLIN – JOUR

Arthur, malade, est venu consulter Merlin.

Merlin — Mais qu'est-ce que vous avez, exactement ?

ARTHUR — Mais j'en sais rien ! Je viens justement vous voir parce que je sais pas ce que j'ai !

MERLIN — C'est peut-être une indigestion ?

ARTHUR — Pourquoi une indigestion plus qu'autre chose ? Je vous ai même pas dit là où j'ai mal !

MERLIN — Je dis une indigestion… comme je pourrais dire autre chose ; c'est pour aider ! Vous avez mal au ventre ?

ARTHUR — Non.

MERLIN — Ah bah c'est pas ça, alors.

ARTHUR — Je supporte plus la lumière du jour.

MERLIN — C'est-à-dire ?

ARTHUR — Rien que celle qui passe par la fenêtre, là… Ça me brûle. Et vous savez quoi ? J'ai l'impression que c'est depuis que l'autre con m'a mordu.

MERLIN — Quel autre con ?

ARTHUR — Un Chef Dace. Un grand mec tout bizarre avec les dents pointues. Je suis sûr que c'est lui qui m'a refilé une saloperie. *(montrant les marques dans son cou)* Regardez ce qu'il m'a fait, ce connard…

MERLIN comprend.

MERLIN — Ah ouais. Un Dace ?

ARTHUR — Ouais, eh ben ?

MERLIN — Revenez dans trois jours, je vais voir ce que je peux faire. En attendant, vous approchez personne, surtout.

ARTHUR — Trois jours ? Vous pouvez rien faire tout de suite ?

MERLIN — Heu… tout de suite, il faudrait que je vous plante un pieu dans le cœur et que je vous coupe la tête. C'est vous qui voyez…

3. INT. COIN DU FEU – NUIT

ARTHUR est de plus en plus malade, mais aussi de plus en plus vif. Il fixe le feu de la cheminée avec gravité. LANCELOT, assis de son côté, ne peut s'empêcher de porter les yeux sur le curieux visage du Roi.

LANCELOT — Sire, il fallait que je vous parle d'une chose.

ARTHUR ne répond pas.

LANCELOT — Sire ?

ARTHUR — J'ai froid.

LANCELOT — Vous voulez que je vous fasse porter une couverture ?

ARTHUR — J'ai froid en dedans.

LANCELOT *(un peu perdu)* — Si vous projetez toujours de racheter les marais du Seigneur Dagonet, je crois que le mieux serait de l'inviter à la chasse au loup de la semaine prochaine.

ARTHUR — Il y a pas de chasse au loup, la semaine prochaine. Il y aura plus jamais de chasse au loup.

LANCELOT — Qu'est-ce que vous voulez dire, Sire ?

ARTHUR — À partir de maintenant, le premier qui touche un loup, je l'empale au sommet d'une colline. *(il frissonne de froid)* C'est de la merde, ce feu !

Il tape du pied par terre avec colère. Le feu redouble instantanément de vigueur. LANCELOT commence à avoir peur.

ARTHUR *(souriant)* — Vous savez ce que je suis en train de devenir ?

LANCELOT — Non, Sire.

ARTHUR — Perspicace. Qu'est-ce que vous avez en tête, Seigneur Lancelot ?

LANCELOT — Mais… à quel propos, Sire ?

ARTHUR — Si on était des animaux, je vous tuerais maintenant.

LANCELOT *(le prenant au sérieux)* — Pourquoi ?

ARTHUR — Pour éviter que vous ne me tuiez le premier.

LANCELOT comprend ce qu'ARTHUR voit en lui.

ARTHUR — Mais bon… on n'est pas des animaux, pas vrai ?

4. INT. CHAMBRE DE DEMETRA – NUIT

DEMETRA finit de lire un parchemin. Abandonnant sa lecture, elle caresse le front d'ARTHUR, profondément endormi, qui semble respirer difficilement dans son sommeil. Il transpire et son teint cadavérique s'est accentué. Après avoir considéré la mauvaise mine de son amant, DEMETRA se tourne pour dormir. De façon inexplicable et le plus soudainement du monde, ARTHUR se trouve au-dessus d'elle, des yeux de serpent écarquillés et la bouche ouverte laissant apparaître de puissantes canines. Instinctivement, DEMETRA ouvre les yeux. Se retournant, elle constate qu'ARTHUR n'est plus dans le lit. Se retournant à nouveau, elle tombe nez à nez avec ARTHUR qui la saisit tout de suite à la gorge.

DEMETRA — Ah ! Au secours ! À l'aide !

ARTHUR lâche sa prise.

ARTHUR — Ho mais ça va ! Arrêtez de gueuler, c'est moi !

DEMETRA — Mais… Mon Dieu, mais qu'est-ce qui vous arrive ?

ARTHUR *(très souriant)* — Je sais pas mais c'est plutôt marrant !

Il attrape sauvagement DEMETRA au visage.

DEMETRA *(rejetant Arthur)* — Mais vous me faites mal, espèce de brute !

ARTHUR vit deux secondes de vexation silencieuse puis pousse un hurlement terrifiant. Toutes les bougies de la pièce sont soufflées et un puissant éclair déchire le ciel. Enfin, tout redevient normal. ARTHUR s'étonne de cet effet.

ARTHUR — Je suis désolé, quand j'ai faim, je suis soupe-au-lait.

DEMETRA — Vous voulez que je vous fasse une tartine de tomate frottée à l'ail ?

ARTHUR se lève d'un bond et s'éloigne à reculons vers la porte, où il disparaît dans l'obscurité.

DEMETRA *(soupirant)* — Vous êtes quand même bizarre, en ce moment.

FERMETURE

5. INT. LABORATOIRE DE MERLIN – JOUR

ARTHUR achève de boire une fiole. Il va mieux.

MERLIN — Ça fait effet ?

ARTHUR — Je crois, oui.

MERLIN — Voilà. Avec ça, vous êtes sorti d'affaire.

ARTHUR — Ça me fait bizarre.

MERLIN — C'est normal, vous revenez de loin !

ARTHUR — Non, ça me fait bizarre de vous voir réussir quelque chose.

MERLIN — Heu… non mais c'est pas moi qui ai fait la fiole, c'est Elias.

NOIR

MERLIN *(OVER)* — D'ailleurs, vous me devez cent trente pièces d'or.

66
Les Neiges Éternelles

A. Astier

3 CORS

1. INT. COULOIRS – JOUR

Lancelot croise Bohort.

Lancelot — Seigneur Bohort… Ça va ? Vous avez pas l'air dans votre assiette…

Bohort *(souriant sans espoir)* — Qu'est-ce que la bonne humeur, Seigneur Lancelot ? Une illusion éphémère… Un mirage de l'esprit qui bien vite s'évanouit.

Lancelot — Mais… vous êtes dans votre assiette ou pas ?

OUVERTURE

2. INT. SALLE DE LA TABLE RONDE – JOUR

La réunion est entamée. Bohort est éteint, les yeux dans le vague, absent.

Calogrenant — Les routes sont enneigées, les routes sont enneigées, c'est tout !

Arthur — Mais on peut plus circuler ! Enfin, vous allez pas me dire que c'est pas un problème !

Léodagan — Bah, chacun reste chez soi, du coup. Ça évite les visites d'emmerdeurs.

Hervé de Rinel — De toute façon, on va pas pelleter la neige nous-mêmes !

Arthur *(ironique)* — Pourquoi, vous avez trop de boulot ?

Perceval *(parlant de Karadoc et de lui-même)* — Nous on l'a fait ce matin pour dégager la porte du château, eh ben je peux vous dire que c'est pas de la tarte !

Karadoc *(montrant ses mains)* — Regardez ça ! J'ai de la corne sur les doigts, on dirait des pieds !

Perceval — Franchement, c'est pas faisable.

Arthur — Pas faisable... Je devrais vous coller au pelletage d'ici jusqu'en Calédonie, rien que pour la forme !

Bohort intervient, toujours sans lever les yeux de la Table Ronde, sans conviction.

Bohort — La neige... On l'enlève, elle revient. Toujours... encore et encore... Et nous, pauvres âmes chagrines, nous perdons nos regards dans l'horizon blanc de notre solitude.

Les Chevaliers se regardent étonnés. L'intervention de Bohort a plongé la Table Ronde dans un silence médusé.

3. INT. SALLE DE LA TABLE RONDE – JOUR

Arthur est seul avec Bohort, assis à côté de lui, et Père Blaise. Bohort pleure tandis que le Roi tente de le réconforter.

Arthur — C'est pas grave, Bohort. C'est pas grave. Vous avez eu un petit coup de mou, là...

BOHORT *(sanglotant)* — Je suis désolé, Sire. Tout ça est ridicule !

ARTHUR — Mais non, mais ça arrive, Bohort.

BOHORT — Craquer comme ça en pleine séance de la Table Ronde, c'est honteux !

ARTHUR — Je vous dis que c'est pas grave !

BOHORT — Vous savez ce que c'est : on essaye d'être fort, de tenir le coup et puis un jour, crac ! Les nerfs lâchent.

PÈRE BLAISE — Le problème, c'est qu'il nous restait pas mal de choses à voir !

ARTHUR lance un regard réprobateur à PÈRE BLAISE.

BOHORT — Je sais, je suis confus.

PÈRE BLAISE *(discrètement à Arthur)* — Bah quoi, c'est vrai !

BOHORT — Je ne supporte plus la neige.

ARTHUR — Oui enfin, moi, je crois que vous traversez une mauvaise passe et du coup, vous voyez tout en noir…

BOHORT — En blanc.

ARTHUR — Ce que je veux dire, c'est que c'est pas spécifiquement la neige, le problème.

BOHORT — Sire, il faut délocaliser Kaamelott.

PÈRE BLAISE — Délocaliser Kaamelott ?

ARTHUR — Qu'est-ce que vous nous chantez, Bohort ?

BOHORT — Il y en a marre de ce temps de merde, Sire ! On peut pas mettre le nez dehors sans attraper une fluxion de poitrine !

PÈRE BLAISE — Attendez, il faut rien exagérer !

BOHORT — Qu'est-ce que j'exagère ? Vous allez me parler de l'été, c'est ça ? Deux malheureux mois par an avec un soleil tout pâlot et un vent à faire s'envoler les pierres ?

ARTHUR — Je vois pas bien ce que vous voulez qu'on y fasse, Bohort.

BOHORT — Reconstruisons Kaamelott en Andalousie !

PÈRE BLAISE — Quoi ?

ARTHUR — Qu'est-ce que vous voulez qu'on aille foutre en Andalousie ?

PÈRE BLAISE — C'est plein de Wisigoths, en plus !

BOHORT *(se levant, en colère)* — Mais on s'en fout ! On les défonce ! Et après : *(les bras au ciel)* du soleil dans nos cœurs !

4. INT. SALLE DU TRÔNE – JOUR

BOHORT, en tenue de voyage et suivi par deux serviteurs qui portent ses bagages, vient se présenter à ARTHUR et LANCELOT.

ARTHUR — Ah, Bohort ! Ça y est, c'est le grand départ ?

BOHORT — Ça y est, Sire ! Me voilà fin prêt ! Vous avez fait préparer votre message pour les Wisigoths ?

ARTHUR et LANCELOT se regardent gênés.

LANCELOT — C'est-à-dire qu'on a pas eu cinq minutes, aujourd'hui…

ARTHUR — Oui, ça, ça nous est passé un peu au-dessus du…

BOHORT — Sire, sans vouloir vous presser, j'aurais voulu partir avant la nuit…

ARTHUR — Je vais être franc, Bohort. Le message aux Wisigoths, c'est un peu un prétexte. Moi, ce qui compte, c'est que vous alliez vous requinquer un peu. Deux petites semaines en Andalousie !

LANCELOT — Bon, si par la même occasion, on peut en profiter pour rappeler notre bon souvenir au peuple wisigoth… ça coûte pas plus cher.

ARTHUR — Oui, voilà. Mais vous cassez pas la tête avec ça. Vous allez voir leur Chef, vous lui faites un coucou en passant et puis c'est marre. Surtout, vous vous re-po-sez.

BOHORT — Mais alors, Sire… en réalité, vous m'offrez des vacances.

ARTHUR — Exactement.

BOHORT — Je ne peux pas accepter.

LANCELOT — Quoi ? Mais qu'est-ce que vous racontez ?

BOHORT — Il n'y a pas de raison que je sois le seul de mes camarades à prendre de bon temps ! Et puis, j'accepte de quitter ma famille pour une cause militaire mais pas pour aller me dorer le cuir aux frais de la princesse !

LANCELOT — Quelle princesse ?

ARTHUR — Bohort. Je vous donne l'ordre de vous rendre immédiatement en Andalousie pour y rencontrer le Chef wisigoth et lui transmettre le message de paix suivant : « Coucou. »

BOHORT — Mais… Sire…

ARTHUR — Foutez le camp ou je vous colle au cachot.

FERMETURE

5. EXT. REMPARTS – JOUR

ARTHUR, depuis les remparts, porte sa voix jusqu'à BOHORT qui a commencé à prendre la route.

BOHORT *(OFF)* — Sire ! C'est trop ! Je ne peux pas accepter !

ARTHUR — Barrez-vous, nom d'un chien !

BOHORT *(OFF)* — Je dois rester, ne serait-ce que par solidarité avec mes camarades !

ARTHUR — Mais vous allez vous tirer, oui ?

BOHORT *(OFF)* — C'est grotesque, Sire ! Ma place est parmi vous !

ARTHUR se retourne et s'adresse à un garde.

ARTHUR — Passez-moi ça, là. Oui, ça.

Le garde passe une arbalète à ARTHUR.

ARTHUR *(à Bohort)* — Je vous garantis que vous allez les prendre, ces vacances !

BOHORT *(OFF)* — Sire ! Vous n'allez pas me tirer dessus !

NOIR

ARTHUR tire.

BOHORT *(OVER)* — Ah ! Sire ! C'est passé à ça !

67
Des Hommes D'Honneur

A. ASTIER

3 CORS

1. INT. SALLE À MANGER – JOUR

ARTHUR est à table avec LÉODAGAN.

LÉODAGAN — On est tout seuls, ce midi ?

ARTHUR — Bah, on dirait. Ça vous ennuie ?

LÉODAGAN — Non, non. Bah, non.

ARTHUR *(se retournant)* — Sans ça, elles doivent pas être bien loin…

LÉODAGAN — Non, non mais c'est bon.

ARTHUR — Je les fait appeler, ou pas ?

LÉODAGAN — Les appeler ? Vous êtes pas dingue ? Elle vont venir, après…

OUVERTURE

2. INT. SALLE À MANGER – JOUR

ARTHUR déjeune seul avec LÉODAGAN.

LÉODAGAN — Ils sont fiers de vous, vos hommes, vous croyez ?

ARTHUR — Faudrait leur demander… Je crois, oui

LÉODAGAN — Les miens, je sais pas. Pour la plupart, ils ont les jetons — ça, c'est sûr — mais de là à dire qu'ils sont fiers…

ARTHUR — Pourquoi vous pensez à ça ?

LÉODAGAN — Je sais pas. Ça m'embête de jamais savoir ce qu'ils ont dans le crâne.

ARTHUR — Quand on commande, on s'éloigne de ses hommes. C'est comme ça.

LÉODAGAN — Et si on faisait quelque chose pour remonter notre cote ?

ARTHUR — Qu'est-ce que vous voulez qu'on fasse ? Qu'on aille prendre une murge avec eux à la salle des gardes ?

LÉODAGAN — Mais non ! Quelque chose de prestigieux ! Qu'ils se disent que c'est pas pour rien si c'est nous les patrons.

ARTHUR — Mais il y a pas besoin…

LÉODAGAN — Vous, vous croyez que vous impressionnez parce que vous avez Excalibur ! Mais méfiez-vous parce qu'une épée magique, si vous faites rien avec, vous avez encore plus l'air con qu'avec une épée normale !

ARTHUR — Moi, je veux bien mais qu'est-ce que vous proposez, au juste ?

LÉODAGAN — Une quête, un truc balaise avec un monstre impressionnant, un trésor… Mais on part à deux. Vous et moi. Et quand on revient, on est des héros.

ARTHUR — Un truc balaise avec un monstre impressionnant, du coup, on n'est pas sûrs de revenir…

Léodagan réfléchit une seconde.

Léodagan — En tout cas, il faut que ça ait l'air impressionnant.

3. EXT. FORÊT – JOUR

Arthur et Léodagan arrêtent leurs chevaux au milieu du chemin. Léodagan inspecte les environs.

Arthur — Vous voulez vraiment pas me dire où on va ?

Léodagan — Ce que je peux vous dire, c'est que c'est du musclé. Péteux s'abstenir.

Arthur — Sauf que vous êtes paumé.

Léodagan — Pas du tout !

Arthur — Vous arrêtez pas de regarder de tous les côtés ! Vous êtes paumé.

Léodagan — Je suis paumé, je suis paumé… Je suis momentanément égaré…

Arthur — Vous qui vouliez du prestige, avouez qu'on commence fort !

Léodagan — Les temples perdus, imaginez-vous que c'est pas fléché ! On navigue dans le mystérieux.

Arthur — Si vous me disiez où on va, je pourrais peut-être aider !

Léodagan — On va dans un temple perdu et je vous en ai déjà trop dit.

Arthur — Mais pourquoi ? Qu'est-ce que ça change ? Je vais bien finir par le savoir, de toute façon !

Léodagan — Mais c'est pour garder un peu le côté… voilà ! Jouez le jeu, un peu, aussi !

ARTHUR — Mais enfin, quelqu'un vous l'a bien indiqué, ce foutu temple !

LÉODAGAN — Mais oui mais vous savez ce que c'est... les indications orales, ça rentre par une oreille...

ARTHUR *(soupirant)* — Eh ben j'espère qu'il vaut le coup, votre machin.

LÉODAGAN — Ah, alors là par contre, je me suis pas foutu de vous ! Des sacs d'or plein une pièce ! Et pour garder tout ça : une hydre à six têtes !

ARTHUR — Une hydre à six têtes !

LÉODAGAN — Oui votre Altesse ! Moi, j'ai déjà fait à quatre têtes, eh ben c'était pas une soirée crêpes, j'aime autant vous le dire !

ARTHUR — Moi, j'ai fait à six têtes, une fois.

LÉODAGAN — Ah ! Et alors ?

ARTHUR — J'ai failli y rester.

LÉODAGAN — Ho... ?

ARTHUR — Ah ouais. Et on était trois. Vous êtes sûr du coup, là ?

LÉODAGAN — Ben... je vous avouerais... J'ai demandé un truc costaud, que quand on revient, on puisse se la jouer un peu.

ARTHUR — Oui enfin, devant une hydre à six têtes, on va pas trop se la jouer, faites-moi confiance.

LÉODAGAN — De toute façon, on est paumés, alors...

4. INT. TEMPLE PERDU – JOUR

ARTHUR et LÉODAGAN progressent dans les couloirs du temple ; LÉODAGAN ouvre la marche.

LÉODAGAN — Eh ben, qu'est-ce que vous foutez ?

ARTHUR — Ça me dit quelque chose, ce coin.

LÉODAGAN — Bon bah, vous commenterez la visite une autre fois !

ARTHUR — Non mais sans blague, j'ai l'impression que je suis déjà venu.

LÉODAGAN — Mais non ! Quand on est dedans, ils se ressemblent tous, les temples perdus.

ARTHUR — Comment vous avez dit qu'il s'appelait, déjà ?

LÉODAGAN — Je risque pas de vous l'avoir dit, j'en sais rien.

ARTHUR — C'est pas le temple de Miler…

LÉODAGAN *(se rappelant)* — Maylir ! C'est ça, le temple de Maylir. Bon, on se la charcute, cette hydre, ou on fait un feu de camp ?

ARTHUR — C'est celle-là, d'hydre.

LÉODAGAN — C'est celle-là quoi ?

ARTHUR — C'est celle-là que j'ai tuée. Il y a plus d'hydre depuis un bon moment, là-dedans.

LÉODAGAN — Ah bah impeccable ! On a plus qu'à ramasser le pognon, alors !

ARTHUR — Vous vous doutez bien que je me suis pas farci une hydre à six têtes pour repartir comme j'étais venu ! J'ai tout pris !

LÉODAGAN — Quoi ? C'est une blague ?

ARTHUR — Elles datent un peu, vos informations, soit dit sans vous froisser.

FERMETURE

5. INT. CUISINES – NUIT

Arthur et Léodagan remplissent un coffre avec des pièces.

Arthur — Vous êtes sûr de votre coup, là ?

Léodagan — Je ne passerai pas pour un con auprès de mes hommes ! Je leur ai dit « je ramène un trésor », je ramène un trésor !

Arthur — Bon, combien il faut que je mette ?

Léodagan — Bah, la moitié.

Arthur — Oui mais la moitié de combien ?

Léodagan — La moitié de quinze mille.

Arthur — Eh ben…

Léodagan — Ah bah, il faut que ça ait un peu de gueule, c'est sûr.

NOIR

Léodagan *(over)* — On s'en fout, de toute façon, on se le repartage derrière.

68
Stargate

A. ASTIER

3 CORS

1. INT. COIN DU FEU – NUIT

ARTHUR et PERCEVAL se détendent auprès du feu.

PERCEVAL — Vous vous rendez compte que le temps que la lumière met à atteindre notre œil, on voit que des choses passées ?

ARTHUR *(las)* — Hein ?

PERCEVAL — Bah ouais, si ça se trouve, je reçois l'image de ce feu alors qu'il est déjà éteint.

ARTHUR — Ben c'est comme moi, là, j'ai l'air d'en avoir plein le cul mais si ça se trouve, je suis déjà parti me coucher…

OUVERTURE

2. INT. SALLE DU TRÔNE – JOUR

ARTHUR est seul sur son trône. LA DAME DU LAC apparaît. Il sursaute.

ARTHUR — Ah !

LA DAME DU LAC — Bon, là, je vous préviens, je suis pas contente !

ARTHUR — Quand vous apparaissez, vous pouvez pas envoyer un petit signe avant ? Comme ça, je me dis : « Tiens, elle arrive ! »

LA DAME DU LAC — Les Dieux ont décidé de prendre des mesures !

ARTHUR — Des mesures par rapport à quoi ?

LA DAME DU LAC — Par rapport à vos résultats déplorables ! Rien n'avance !

ARTHUR — Rien n'avance ? Vous avez vu les coups de main que vous me donnez aussi ? Une fois sur deux, vous m'envoyez dans le mur !

LA DAME DU LAC — Non mais personne a dit que vous étiez seul responsable…

ARTHUR — Vous Leur avez dit, aux Dieux, le temps que je perds à vous ramener des objets magiques tous plus débiles les uns que les autres et dont tout le monde se fout ?

LA DAME DU LAC — J'ai pas voulu me mettre dans une trop mauvaise position non plus…

ARTHUR — Eh ben vous manquez pas de souffle !

LA DAME DU LAC — Bon, quoi qu'il en soit, je vous ouvre une Porte du Chaos.

ARTHUR — Une quoi ?

LA DAME DU LAC — C'est une porte dimensionnelle qui permettra aux pires créatures de l'univers de venir semer le Chaos à Kaamelott. Je suis désolée, j'ai des ordres. Bon courage…

ARTHUR — Mais…

La Dame du Lac disparaît, se transformant en une large ouverture sombre et rayonnante au milieu de la pièce, au travers de laquelle on distingue quelques étoiles.

Arthur — Ah bah merde…

3. INT. SALLE DU TRÔNE – JOUR

Arthur, Bohort et Lancelot examinent la porte avec appréhension.

Bohort — C'est affreux ! Sire, quittons le pays, je vous en conjure ! Les Démons n'ont maintenant qu'un pas à franchir pour arriver ici !

Lancelot — Les Démons ? C'est une porte dimensionnelle qui donne sur le plan démonique ?

Arthur — Heu… non… Juste sur l'univers, je crois.

Bohort — Je disais « Démons » comme j'aurais pu dire autre chose !

Lancelot — C'est pourtant pas pareil… Les Démons, on peut les combattre qu'avec la magie !

Arthur — Ça veut dire qu'avec Merlin ?

Bohort *(redoublant de panique)* — Nous allons tous mourir ! Partons d'ici sur le champ !

Arthur — Non, elle a dit « les pires créatures de l'univers ».

Lancelot — Alors, c'est juste une porte sur un autre endroit de notre plan. Il faut s'attendre à la visite de formes extra-terrestres.

Bohort *(faussement rassuré)* — Ah bah ça va ! Excusez-moi d'avoir paniqué ! Finalement, c'est pas des Démons, c'est juste les pires bestioles de tout l'univers. Mettons deux gardes là-devant et allons boire un coup !

ARTHUR — Fermez-là, Bohort, deux secondes ! On est en train de réfléchir !

BOHORT — Mais arrêtez de réfléchir et allez faire vos valises avant qu'un gugusse ne débaroule de je ne sais quelle galaxie pour nous désintégrer !

Soudain, la porte dimensionnelle s'active. Un bourdonnement sourd se fait entendre.

ARTHUR — Ah, ça se précise.

LANCELOT — Ouais, il y en a un qui tente sa chance.

Les hommes dégainent.

BOHORT *(hypnotisé par la porte)* — Mon Dieu… Les Démons sont en route…

LANCELOT — C'est pas des Démons !

BOHORT — Ah merde ! Laissez-moi profiter de mes derniers instants.

Bohort ferme les yeux. Les hommes ont peur. PERCEVAL entre par la porte dimensionnelle.

LANCELOT — Quoi ?

ARTHUR — Mais qu'est-ce que vous faites là, trou du cul ?

BOHORT *(yeux fermés)* — Vous vous connaissez ?

4. INT. SALLE DU TRÔNE – JOUR

ARTHUR, LANCELOT et BOHORT — qui n'a pas encore osé ouvrir les yeux — font face à PERCEVAL qui vient d'arriver par la porte dimensionnelle.

PERCEVAL — Ah bah elle est pas mal, celle-là !

BOHORT *(yeux fermés)* — Il parle notre langue !

ARTHUR — Mais qu'est-ce que c'est que ce bordel ?

LANCELOT — D'où est-ce que vous venez ?

BOHORT — C'est ça, demandez-lui le nom de sa planète ! On gagne du temps !

PERCEVAL — Vous avez pas vu ce machin, au milieu de la cour ? Un grand truc tout noir, tout bizarre !

ARTHUR *(désignant la porte dimensionnelle)* — Dans ce genre-là ?

PERCEVAL *(se retournant)* — Ah bah ouais, pareil. Mais dans la cour.

BOHORT — Ses intentions sont-elles pacifiques ?

LANCELOT *(à Perceval)* — Vous voulez dire que cette porte mène…

PERCEVAL — Ben dehors. En bas des escaliers, près du poulailler.

ARTHUR — Elle s'est gourée, cette conne de Dame du Lac.

BOHORT — Cette voix m'est familière…

ARTHUR pince le nez de BOHORT qui panique.

BOHORT — Ah ! Ah ! J'étouffe ! À moi ! Je suis touché par une arme d'une civilisation supérieure !

Il ouvre les yeux.

BOHORT — Seigneur Perceval ? Mais où est la créature ?

La porte dimensionnelle s'active de nouveau.

LANCELOT — Attention, en garde !

Les hommes se tiennent prêts. PERCEVAL dégaine et rejoint ses compagnons. Une poule débarque par la porte.

FERMETURE

5. INT. COIN DU FEU – NUIT

ARTHUR et PERCEVAL sont auprès du feu.

PERCEVAL — À quoi vous pensez, Sire ?

ARTHUR — En fait, vous avez franchi la porte de la cour sans savoir ce qui vous attendait… Ça aurait pu être du courage. C'est dommage que dans votre cas, ce soit de l'inconscience…

PERCEVAL — J'ai vu des étoiles… Comme moi, mon rêve, c'est de voyager dans l'espace…

ARTHUR — Ah bon ?

PERCEVAL — Ouais… Vous savez qu'en fait, la Terre, elle est ronde ?

ARTHUR est déjà lassé.

PERCEVAL — Non mais sans déconner, Sire !

ARTHUR — Ouais, ouais, c'est bon.

NOIR

PERCEVAL *(OVER)* — Et que si quelqu'un pouvait voyager à la vitesse de la lumière dans le sens inverse de sa rotation, il pourrait remonter le temps.

69
Feu La Vache De Roparzh

A. Astier

3 CORS

1. INT. SALLE DE LA TABLE RONDE – JOUR

Arthur et Karadoc attendent une visite officielle.

Karadoc — Je suis flatté que vous m'ayez fait confiance, Sire.

Arthur — Quand est-ce que je vous ai fait confiance ?

Karadoc — Bah là… Puisque je vous seconde !

Arthur — Ça fait cinquante fois que je vous le dis : quand je vous demande un truc, c'est qu'il y a personne d'autre que vous. Là, je suis désolé, tout le monde s'est barré.

Karadoc — Même si je suis le dernier, vous pourriez avoir quand même confiance.

Arthur — Oui, je pourrais, mais non.

OUVERTURE

2. INT. SALLE DE LA TABLE RONDE – JOUR

Arthur et Karadoc poursuivent leur discussion.

Karadoc — Donc, qu'est-ce que je dois faire exactement ?

Arthur — Rien. Surtout, vous faites rien. Vous écoutez.

Karadoc — D'habitude, c'est Lancelot qui vous assiste... J'ai peur de faire une connerie. Je suis stressé.

Arthur — Moi aussi.

Karadoc — Vous êtes stressé ?

Arthur — Non, moi aussi, j'ai peur que vous fassiez une connerie.

Karadoc — Qu'est-ce qu'ils veulent, les paysans ?

Arthur — J'en sais rien. Ils vont bien nous le dire !

Karadoc — Ouais mais si je le savais un peu avant, je pourrais me préparer.

Arthur — Vous préparer à quoi ? Je vous ai dit de la fermer, de toute façon !

Karadoc — Et je dis un truc qu'il faut pas dire ? Et qu'après, il y a une révolte paysanne !

Arthur — Karadoc, je tente de vous faire comprendre un principe simple depuis tout à l'heure, ça a pas l'air de passer... Je vous interdis catégoriquement de prononcer un mot. À la limite, vous me faites un léger signe discret s'il y a un truc capital.

Karadoc — Genre comme ça ?

Il cligne des yeux exagérément et sans discontinuer.

3. INT. SALLE DE LA TABLE RONDE – JOUR

Roparzh et Guethenoc font face à Arthur et Karadoc.

ROPARZH — Je vais le tuer, Sire. Je vais tellement lui taper dans sa gueule qu'il va décéder.

GUETHENOC *(désignant Roparzh)* — Sire, moi je serais vous, je tiendrais la garde pas trop loin parce que si je décide de lui tomber dessus, à ce machin, ça va être une tornade ! Il y a plus un meuble debout dans toute la baraque !

ARTHUR — Alors pour rester dans l'ambiance, vous allez vous calmer mais alors fissa ou je vous fais tous les deux coller en taule !

ROPARZH — Remarquez, il y a pas de raison de s'énerver ! Il me rembourse la vache qu'il m'a butée et c'est tout ! Il y en a pour trente secondes !

GUETHENOC — Oh mais, des versions à trente secondes, j'en connais une autre : je vous file un coup de bêche dans la tête et on n'en parle plus.

ARTHUR — Non mais j'aime bien quand vous venez. J'ai toujours été fasciné par le monde paysan… Alors ? À qui qu'elle est la vache morte ?

GUETHENOC — Sire, maintenant on commence à se connaître ! Vous savez bien que j'ai autre chose à faire que d'aller buter des vaches !

ROPARZH — Ma vache est allée faire un tour sur son champ…

GUETHENOC — Elle avait rien à y foutre, déjà, pour commencer ! Ça va qu'elle est morte toute seule, sinon j'y aurais mis un coup de fourche, au bazar !

ROPARZH — Et quand elle est revenue, elle avait chopé toutes les maladies qui existent en un seul coup.

GUETHENOC — Non mais c'est sûr que quand elle est arrivée, elle était en pleine forme : il y avait toute la moitié arrière qui était déjà morte depuis quinze jours !

ROPARZH — Il me rembourse la bête ou ce sera un bain de sang.

GUETHENOC — Je lui rembourse mes genoux et s'il a filé la vérole à mes bêtes, je fais tout cramer. Ma ferme, la sienne, celle des autres, le château ; je fais flamber la moitié de la Bretagne.

4. INT. SALLE DE LA TABLE RONDE – JOUR

ARTHUR tente de couper court à l'entrevue.

ARTHUR — Bon, Guethenoc, vous remboursez Roparzh.

GUETHENOC — Non.

ARTHUR — Très bien… Roparzh, vous l'avez dans l'os.

ROPARZH — Non mais là, ça pue la révolte. Il y a du saccage dans l'air.

GUETHENOC — Sans blague, vous allez faire chier le monde combien de temps avec votre vache pourrie ? Vous voyez pas que c'est pas pour vous, l'agriculture ? Vous n'avez qu'à vous recycler dans la mendicité ! En plus, vous avez déjà la tenue !

KARADOC cligne des yeux.

ROPARZH — Qu'est-ce qu'il a, le bourgeois ? Les yeux qui piquent ?

GUETHENOC — C'est la cheminée, elle refoule un peu de fumée…

ARTHUR *(à Karadoc)* — Alors quoi ? Magnez-vous !

KARADOC — Moi, je donne une vache à Roparzh.

ARTHUR — Quoi ?

KARADOC — Comme ça, tout le monde est content.

ROPARZH — Voilà ! Bien ! Ça c'est du gouvernement !

GUETHENOC — Eh bah dites donc, vous avez drôlement des vaches à perdre !

ARTHUR — Bon bah en tout cas, problème réglé. Merci Karadoc.

GUETHENOC — Du coup, vous pourrez voir l'évolution. Votre vache, dans quinze jours, elle ressemble à une chèvre anémiée, et dans un mois, elle moisit sur pattes.

FERMETURE

5. INT. SALLE DE LA TABLE RONDE – JOUR

ARTHUR et KARADOC sont seuls.

ARTHUR — C'est un beau geste que vous avez fait mais on peut pas tout régler comme ça ! Vous allez pas donner une vache personnelle à chaque…

KARADOC — Une vache personnelle ? Mais j'ai pas de vache, moi !

ARTHUR — Quoi ?

KARADOC — Moi je disais ça en tant que Chevalier de Kaamelott ! On lui donne une vache de Kaamelott !

ARTHUR — Mais… c'est pas une coopérative bovine, Kaamelott ! On n'a pas de vaches !

NOIR

KARADOC *(OVER)* — Merde, il faut que j'achète une vache…

70
Les Vœux

A. Astier

3 CORS

1. EXT. TERRASSE – JOUR

Arthur parle avec Yvain et Gauvain.

Arthur — Vœu de quoi ?

Yvain — Vœu de probité.

Gauvain — Nous souhaiterions faire vœu de probité, mon oncle.

Arthur — Mais… vous savez ce que ça veut dire, au moins ?

Gauvain — Heu… dans les grandes lignes…

Yvain — En tout cas, on trouve que « vœu de probité », ça fait quand même hyper classe !

OUVERTURE

2. INT. SALLE DU TRÔNE – JOUR

Bohort est venu rencontrer Arthur.

Bohort — Je suis désolé, Sire. Je sais que vous êtes en séance de doléances mais il fallait absolument que je vous voie aujourd'hui.

ARTHUR — Qu'est-ce qui se passe ? Une catastrophe ?

BOHORT — C'est pour la fête des fruits rouges, Sire. Si je n'envoie pas toutes les invitations aujourd'hui, elles n'arriveront pas à temps !

ARTHUR *(las)* — D'accord. Qu'est-ce que vous voulez que j'y fasse, moi ?

BOHORT — C'est à propos du Seigneur Lancelot, Sire. À chaque fois, je me trouve ennuyé… c'est un peu délicat.

ARTHUR — Par rapport à quoi ?

BOHORT *(discret)* — Je ne sais jamais si je dois envoyer un carton pour une ou pour deux personnes !

ARTHUR — C'est pas la peine de parler doucement !

BOHORT — Une fois pour toutes : est-ce que — oui ou non — le Seigneur Lancelot a fait vœu de chasteté ?

ARTHUR — Bah… non ! Enfin, il me semble pas !

BOHORT — On ne le voit jamais accompagné !

ARTHUR — Vous non plus ! Vous avez pas fait vœu de chasteté, que je sache !

BOHORT adopte une petite moue de vexation.

ARTHUR — Si ?

3. INT. SALLE DE LA TABLE RONDE – JOUR

La réunion débute.

PÈRE BLAISE — La réunion d'aujourd'hui sera entièrement consacrée aux vœux.

LÉODAGAN — Quels vœux ?

PÈRE BLAISE — Ben, parce qu'en fait, je me suis rendu compte en feuilletant mes notes que question vœux, je sais pas qui fait quoi ; c'est le vrai merdier. Ça mérite d'être éclairci.

ARTHUR — Moi non plus, je sais plus. Je sais qu'il y en a un ou deux d'entre vous qui ont plus ou moins promis des trucs mais… Calogrenant, par exemple… Vous avez fait un vœu, vous, ou pas ?

CALOGRENANT — Ben… C'est-à-dire qu'à une époque, j'avais plus ou moins pensé au courage… ou à la justice, je sais plus.

PÈRE BLAISE — Non mais attendez, un vœu c'est pas un machin qu'on balance entre la poire et le fromage ! Normalement, on prête serment devant Dieu !

CALOGRENANT — Devant Dieu ? Ah bah non alors. Moi, j'avais juste dit « ouais, faut avoir du courage » ou « la justice, c'est mieux », un truc comme ça.

ARTHUR — Et vous, Bohort ? Je me souviens plus…

BOHORT — Eh bien, moi, je pense qu'une des plus grandes valeurs du Chevalier, c'est l'intégrité.

PÈRE BLAISE — Non mais on s'en fout, de ça. C'est pas un vœu !

GALESSIN — Moi, à une époque, je voulais faire vœu de pauvreté.

ARTHUR — Et alors ?

GALESSIN — Ben, avec le blé que je me faisais, j'arrivais pas à concilier les deux.

PÈRE BLAISE — Donc si je comprends bien, il y en a pas un qui a fait un vœu !

PERCEVAL *(à Karadoc)* — C'est pas vous qui avez fait vœu de pénitence ?

KARADOC — Non, c'est vous ! Je sais pas ce que ça veut dire, moi.

PERCEVAL — Moi non plus ! Ça risque pas d'être moi !

HERVÉ DE RINEL — Non, c'est moi. Vœu de pénitence, c'est moi.

PÈRE BLAISE — Ah ! *(notant)* Alors, Seigneur Hervé de Rinel : vœu de pénitence.

HERVÉ DE RINEL — Par contre, je sais pas ce que ça veut dire, non plus.

4. INT. COIN DU FEU - NUIT

ARTHUR et LANCELOT se délassent au coin du feu.

ARTHUR — Je peux vous poser une question, Seigneur Lancelot ?

LANCELOT — Je vous écoute, Sire.

ARTHUR — C'est un peu gênant…

LANCELOT — Je vous en prie, allez-y.

ARTHUR — Vous… Vous avez fait vœu de chasteté, vous, ou pas ?

LANCELOT — Vœu de chasteté ? Mais absolument pas !

ARTHUR — D'accord. Voilà, c'est ça : je me souvenais plus si vous l'aviez fait ou pas.

LANCELOT — Quelle idée !

ARTHUR — Je suis désolé, je savais que vous aviez fait un vœu mais pas moyen de me souvenir duquel. Alors comme ça, ça me semblait le plus…

LANCELOT — Le plus plausible ?

ARTHUR — Bah oui, excusez-moi mais on vous voit jamais avec personne…

LANCELOT *(vexé, haussant le ton)* — Parce que j'ai fait vœu de noblesse ! Et que pour moi, la noblesse, ça passe aussi par ne pas se vautrer dans le stupre avec la première venue !

ARTHUR *(aussi fort)* — Oui bah donc, pardonnez-moi, mais comme personne ne trouve grâce à vos yeux, vu de l'extérieur, ça ressemble quand même vachement à un vœu de chasteté !

FERMETURE

5. INT. COIN DU FEU - NUIT

ARTHUR et LANCELOT sont toujours devant la cheminée. Ils se sont calmés.

ARTHUR — Excusez-moi, Seigneur Lancelot. Vraiment, s'il y a un truc de sûr, c'est que j'ai pas dit ça pour vous vexer !

LANCELOT — Je sais, Sire. C'est pas grave.

ARTHUR — C'est pas toujours facile de voir clair dans votre intransigeance, vous savez !

LANCELOT — Ne vous inquiétez pas, Sire. Dans peu de temps, je pense pouvoir vous donner une preuve très nette que je n'ai pas fait vœu de chasteté.

ARTHUR *(souriant)* — Ah ?

NOIR

ARTHUR *(OVER)* — Je la connais, non ?

71
Le Pédagogue

A. ASTIER

3 CORS

1. EXT. ARBRE MILLÉNAIRE – JOUR

ARTHUR est assis sur son banc. LÉODAGAN arrive.

LÉODAGAN — Ça vous inquiète ?

ARTHUR — Non mais simplement, je m'étonne de plus voir votre fils à la Table Ronde, c'est tout.

LÉODAGAN — Il traverse une mauvaise passe. C'est l'âge. Une petite crise, quoi…

ARTHUR — Mais… on peut faire quelque chose pour l'aider à la résoudre, cette crise ?

LÉODAGAN — Ah mais je m'en occupe ! Je viens de le coller trois jours sans bouffer. Si ça suffit pas, je l'enferme dans une cage sans lumière. Mais j'attends lundi, pour aviser.

OUVERTURE

2. INT. LABORATOIRE DE MERLIN – JOUR

LÉODAGAN est venu demander conseil à MERLIN.

LÉODAGAN — Il paraîtrait que je suis dur. C'est pas beau, ça ?

MERLIN — Qu'est-ce que vous voulez que j'y fasse, moi ?

LÉODAGAN — J'ai tout essayé, avec ce gosse. Pas de bouffe, pas de flotte, les avoines... Pas moyen !

MERLIN — Pas moyen de quoi ?

LÉODAGAN — Pas moyen qu'il m'écoute ! Je suis son père, quand même ! Alors mettez-vous à ma place ! De raclée en raclée, je suis découragé.

MERLIN — Mais qu'est-ce que vous lui demandez, par exemple ?

LÉODAGAN — Ben, de se lever avant deux plombes de l'après-midi, déjà... D'être poli avec sa mère... Je sais bien que c'est pas facile, hein ! J'ai jamais pu, moi. M'enfin, comme je lui dis, au gamin : « C'est quand même pas héréditaire, si ? »

MERLIN — Mais lui, est-ce qu'il explique pourquoi ?

LÉODAGAN — Pourquoi quoi ?

MERLIN — Ben, pourquoi il se lève pas, par exemple...

LÉODAGAN — Est-ce que je sais, moi ? J'ai pas été lui demander !

MERLIN — Du coup, comment vous voulez régler le problème ? Vous savez rien !

LÉODAGAN — Je vais quand même pas commencer à écouter ses justifications ! Je vais passer pour quoi ?

MERLIN — Essayez, qu'est-ce que ça coûte ? Vous l'écoutez jusqu'au bout, sans le couper.

LÉODAGAN — Écoutez son môme...

MERLIN — Eh ben ?

LÉODAGAN — Non mais pourquoi pas... De toute façon, dans la vie, faut tout connaître...

3. INT. SALLE À MANGER – JOUR

Léodagan et Séli déjeunent avec leur fils Yvain.

Yvain — C'est quoi cette mascarade ?

Séli — Ça y est, ça commence !

Yvain — On mange que tous les trois ! Comme par hasard !

Séli — Peut-être qu'on a besoin de vous parler !

Yvain — J'en étais sûr !

Séli — Si on vous parle, vous écoutez et puis c'est tout !

Léodagan *(tempéré)* — Attendez, je crois qu'avant de parler, il est important de faire preuve d'écoute !

Yvain *(s'apprêtant à se lever)* — Je m'en fous, je m'en vais.

Séli — Restez assis !

Yvain — Non !

Léodagan — Si, si asseyez-vous. *(menaçant)* Asseyez-vous ou je vous casse votre assiette sur la tête.

Yvain se rassied.

Léodagan *(recouvrant son calme)* — Donc : l'écoute. *(à Yvain)* Allez-y.

Yvain — Allez-y quoi ?

Léodagan — Dites-nous ce que vous avez à nous reprocher.

Yvain — Pour que je m'en prenne une, c'est ça ?

Séli — Oh mais qu'il est con !

Léodagan — Vous parlez et nous, on écoute sans vous couper.

YVAIN — Sans me couper ?

LÉODAGAN — Sans vous couper.

SÉLI — Allez, magnez-vous le cul !

LÉODAGAN *(à sa femme, avec courtoisie)* — S'il vous plaît…

SÉLI — Ho et vous, freinez un peu les grimaces !

LÉODAGAN *(toujours courtois)* — S'il vous plaît, fermez-la ou vous prenez une avoine.

YVAIN — J'estime ne pas avoir à subir les fantasmes carriéristes d'une entité générationnelle réactionnaire et oppressive.

SÉLI — Mais qu'est-ce que ça v…

LÉODAGAN *(la coupant)* — Non, non on se tait ! On écoute sans couper.

SÉLI — Mais vous avez compris quelque chose, vous ?

LÉODAGAN — Non mais je l'ai pas coupé.

YVAIN — Je peux partir, maintenant ?

LÉODAGAN — Tout à fait. Merci mon grand…

YVAIN sort.

LÉODAGAN — Voyez ? C'est quand même pas compliqué, l'éducation. On peut tout inculquer à n'importe q…

LÉODAGAN a une idée.

LÉODAGAN — Tiens, c'est pas con, ça. .

4. INT. CUISINES – NUIT

ARTHUR prend une collation nocturne. LÉODAGAN arrive.

LÉODAGAN — Ah, c'est vous.

ARTHUR — Quoi, « c'est moi ? »

LÉODAGAN — Je vous cherchais.

ARTHUR — Vous me cherchiez à trois heures du matin ?

LÉODAGAN — Je voulais juste vous dire deux mots sur cette histoire de tourelles…

ARTHUR — Ah non ! Vous allez pas revenir me bourrer le mou avec vos tourelles !

LÉODAGAN — Non, non. Justement…

ARTHUR — Justement quoi ?

LÉODAGAN — J'avoue, je me suis peut-être montré un peu obstiné…

ARTHUR — Un peu obstiné ? Ça fait des semaines que vous me cassez les couilles !

LÉODAGAN — Eh ben cette fois, je vous écoute.

ARTHUR — À propos de quoi ?

LÉODAGAN — J'écoute ce que vous avez à me dire sur les tourelles et je vous coupe pas.

ARTHUR — Et après ?

LÉODAGAN — Et après, j'aurais entendu ce que vous avez à me dire et on pourra recommencer la discussion sur des bases saines.

ARTHUR — Donc… qu'est-ce que je fais ? Je vous dis ce que je pense des tourelles ?

LÉODAGAN — Exactement. Allez-y, je vous écoute et je vous coupe pas.

ARTHUR — Eh ben je pense qu'on n'en a pas besoin, que j'ai pas envie de claquer du pognon dans de la construction maintenant et que de toute façon, si on veut nous envahir, c'est pas trois tourelles qui vont y changer quelque chose.

Léodagan se tait une seconde puis, n'y tenant plus, s'exprime sans retenue.

Léodagan — Mais c'est pas possible d'entendre des conneries pareilles ! C'est le nerf de la guerre, les tourelles ! Je me flingue le gosier à vous le répéter sur tous les tons !

FERMETURE

5. INT. LABORATOIRE DE MERLIN – JOUR

Léodagan est revenu voir l'enchanteur.

Léodagan — Nul ! Zéro ! Avec vos conneries modernes, je passe pour un con ! C'est tout !

Merlin — Vous passez pour un con parce que vous écoutez ?

Léodagan — Mais évidemment ! Les gens sont pas débiles, non plus ! Ils voient bien que c'est du flan !

Merlin — Mais... parce que c'est du flan ?

Léodagan — Qu'est-ce que vous voulez que ce soit ?

Merlin — De la vraie écoute ! Qui mène à la réflexion !

Léodagan — Quelle réflexion ? Vous avez dit « l'écoute », vous avez pas parlé d'autre chose !

NOIR

Léodagan *(over)* — Si vous me dites pas tout, aussi...

72
Perceval Et Le Contre-Sirop

A. ASTIER

3 CORS

1. INT. TAVERNE – SOIR

PERCEVAL et KARADOC sont accoudés au comptoir, devant une coupe, les yeux dans le vague.

LE TAVERNIER — Si vous alliez vous mettre à une table…

PERCEVAL — Je sais pas… *(à Karadoc)* Qu'est-ce que vous en dites ?

KARADOC — Ça m'est égal.

LE TAVERNIER — Votre table est propre, je viens de remettre une bûche au feu, vous allez être comme des œufs en gelée, là-bas.

PERCEVAL et KARADOC se regardent.

KARADOC *(vaillant)* — Moi, je suis pour.

PERCEVAL *(décidé, prenant sa coupe)* — Ouais, allez ! De temps en temps, faut prendre le taureau par les cornes !

OUVERTURE

2. INT. TAVERNE – SOIR

Perceval et Karadoc restent seuls dans la salle.

Perceval *(finissant sa coupe)* — Bon On va peut-être se rentrer, non ?

Karadoc — Allez.

De l'arrière-salle, le Tavernier les interpelle.

le Tavernier *(off)* — Hé, est-ce qu'ils seraient partants pour un cul de chouette ?

Karadoc — Ah… Ça, ça se refuse pas…

Perceval — Cul de chouette, c'est le jeu de l'autre fois, avec les dés, là ?

Le Tavernier arrive avec un tapis de jeu et des dés.

le Tavernier — Allez, un peu de détente, vain Dieu ! On n'est pas des chevaux de trait !

Karadoc — Heu… Je me souviens plus : on jouait avec les règles à l'Aquitaine ?

le Tavernier — Moi, ça m'est égal. C'est le Seigneur Perceval qui choisit.

Perceval — Ah bon ?

Karadoc — Suivant comme vous avez l ' habitude…

le Tavernier — Qu'est-ce que vous préférez ?

Perceval — Ce que je préférerais, ce serait qu'on joue à un jeu de chez moi.

Le Tavernier et Karadoc se regardent.

Karadoc — Moi, j'ai rien contre mais ..

le Tavernier — Moi, j'avoue que des jeux du Pays de Galles, j'en connais pas des masses…

PERCEVAL — Le plus facile à apprendre, c'est le sirop.

LE TAVERNIER — Le sirop ?

PERCEVAL — Enfin, avec mes règles simplifiées parce que les règles originales, elles sont velues. Bon, le seul truc, c'est que, normalement, ça se joue à trois...

Une seconde se passe.

PERCEVAL — M'enfin, c'est bon, on va démerder.

3. INT. TAVERNE – SOIR

PERCEVAL enseigne les règles du sirop au TAVERNIER et à KARADOC.

PERCEVAL — Le principe, c'est de faire des valeurs. Donc là, mettons, on est trois, il y a trois valeurs à distribuer. C'est hyper facile. On va dire, sirop de huit, sirop de quatorze et sirop de vingt-et-un.

LE TAVERNIER — Mais qu'est-ce que vous entendez par « sirop » ?

PERCEVAL — Non mais, vous occupez pas des sirops tout de suite. Ce qu'il faut comprendre d'abord, c'est les valeurs. Si vous lancez une valeur en début de tour, mettons un sirop de huit, pour commencer petit, les autres ont le choix entre laisser filer la mise ou relancer un sirop de quatorze.

KARADOC — Mais on tourne dans quel sens ?

PERCEVAL — Dans le sens des valeurs. C'est pour ça, il faut bien comprendre le système des valeurs ; après, ça va tout seul.

LE TAVERNIER — Je crois qu'il faudrait faire un tour pour rien parce que là, j'arrive pas bien à me représenter...

PERCEVAL — Bon, alors mettons que j'ouvre avec un sirop de huit. *(au Tavernier)* Si c'est vous qu'avez siroté au tour d'avant, ça tourne dans votre sens. Alors soit vous laissez filer, vous dites « file-sirop », soit vous vous sentez de relancer et vous annoncez un sirop de quatorze.

KARADOC — Et après, c'est à moi ?

PERCEVAL — Vous, comme on a commencé les annonces, vous avez pas le droit de laisser filer. Vous pouvez soit relancer un sirop de vingt-et-un, soit vous abandonnez le tour et vous dites « couche-sirop », ou « sirop Jeannot », ça dépend des régions.

KARADOC — Ah… Bah moi, ça m'est égal.

PERCEVAL — Et après, soit on fait la partie, soit je fais un « contre-sirop », boum ! Et à partir de là, « sirop de pomme » sur vingt-et-un donc on fait la partie en quatre tours jusqu'à qu'il y en ait un qui sirote.

4. INT. TAVERNE – SOIR

Les joueurs n'ont toujours pas commencé la partie.

PERCEVAL — C'est pour ça, moi, j'ai fait des règles simplifiées. À la gagne, il y a que trois possibilités : soit vous faites votre sirop de huit, vous dites « beau sirop » et on recompte, soit vous faites votre sirop de quatorze, vous dites « beau sirop, sirop gagnant » et on vous rajoute la moitié, soit vous faites votre sirop de vingt-et-un et vous dites « beau sirop, mi-sirop, siroté, gagne-sirop, sirop-grelot, passe-montagne, sirop au bon goût ».

Une seconde de silence plane au-dessus de la table.

LE TAVERNIER — Moi, je crois qu'on devrait faire un tour pour rien…

KARADOC *(à Perceval)* — Vous avez eu raison de simplifier.

LE TAVERNIER — Même simplifié, j'arrive pas encore bien à me représenter…

PERCEVAL — Sinon, moi, j'aime bien les règles originales mais c'est trop compliqué. Les gens, ils ont envie de faire une petite partie pour se détendre ; s'il faut passer trois heures à apprendre les règles…

FERMETURE

5. INT. TAVERNE – SOIR

Les hommes s'apprêtent à commencer leur partie de sirop.

KARADOC — Alors, qui c'est qui commence ?

PERCEVAL — Pour le premier tour, ça a pas d'importance.

LE TAVERNIER *(prenant les dés)* — Bon bah allez, je me lance.

PERCEVAL — Non, non mais ça se joue pas avec des dés ! Ça se joue avec des cartes !

LE TAVERNIER — Mais… Mais j'en ai pas, des cartes.

KARADOC — Merde…

NOIR

PERCEVAL *(OVER)* — Ça fait rien, on va essayer avec des dés. De toute façon, ce qui compte, c'est les valeurs.

73
L'Oubli

A. Astier

3 CORS

1. INT. CUISINES – NUIT

Léodagan mange un morceau. Arthur ouvre la porte.

Arthur *(à la porte)* — C'est vous beau-père ?

Léodagan — Ouais… J'arrivais pas à dormir, je suis descendu casser une graine.

Arthur — Moi, pareil.

Arthur vient à la table.

Léodagan — Quand on dit que quand on dort, on maigrit, ça doit venir de là.

OUVERTURE

2. INT. CUISINES – NUIT

Arthur et Léodagan mangent.

Arthur — Ah, je sais pas vous mais moi, ça m'a retourné, cette mission.

LÉODAGAN — Je pense bien. Attendez, on est rentrés dans le labyrinthe, c'était quoi, c'était…

ARTHUR — Je sais pas, neuf heures du mat'…

LÉODAGAN — Voilà… et c'est pas compliqué, on en est sortis, le soleil se couchait. Alors, le calcul est vite fait !

ARTHUR — Qu'est-ce qu'il y en avait des Gobelins ! Je crois que j'en n'ai jamais vu autant d'un coup dans un même endroit.

LÉODAGAN — Moi, je crois que j'ai dû en buter pas loin de soixante.

ARTHUR — Oh ouais, moi aussi. À vue de pif !

LÉODAGAN — Ah et puis ceux-là, alors, je les aime pas !

ARTHUR — Eh oui, mais quand ils sont là, ça veut souvent dire qu'il y a un gros paquet de pognon quelque part dans le coin.

LÉODAGAN — Oui, votre Altesse ! Sans vouloir flamber, il y avait combien, dans le sac, au final ?

ARTHUR — J'en sais rien, moi…

LÉODAGAN — Vous avez pas compté ?

ARTHUR — Mais comment voulez-vous que je compte ? C'est vous qui avez le sac !

LÉODAGAN — Mais pas du tout ! C'est vous qui l'aviez tout le long du chemin !

ARTHUR — Dans le labyrinthe, oui ! Et puis à la sortie, vous l'avez pris !

LÉODAGAN — Mais non !

ARTHUR — Ah non mais c'est pas vrai !

3. INT. TEMPLE PERDU – NUIT

ARTHUR et LÉODAGAN progressent dans le labyrinthe.

ARTHUR — Ah non mais je rêve ! Revenir crapahuter là-dedans à trois heures du matin, il y a vraiment de l'abus !

LÉODAGAN — Je vous le fais pas dire ! Tout ça serait pas arrivé si vous pouviez tenir un sac d'or pendant plus d'une lieue sans vous essouffler !

ARTHUR — C'est vous qui aviez le sac !

LÉODAGAN — En attendant, qui c'est qui prend les points de repère, là ? Parce que pendant qu'on cause, je vous rappelle pour mémoire qu'on est dans un labyrinthe ! Alors, on a eu du bol tout à l'heure mais il faut peut-être pas chercher la merde non plus !

ARTHUR — Les points de repère mais c'est pas vous qui les preniez, aujourd'hui ?

LÉODAGAN — Mais non ! Vous m'avez dit, je prends les points de repère !

ARTHUR — Mais j'ai jamais dit ça !

LÉODAGAN — Ah non mais vous le faites exprès, ou quoi ?

ARTHUR — Vous voulez dire que là, vous savez pas retourner à l'entrée ?

LÉODAGAN — Mais évidemment que je sais pas retourner à l'entrée ! Vous me prenez pour un clébard ?

Au loin, des Gobelins se font entendre.

LÉODAGAN — Eh bah et ça, qu'est-ce que c'est ?

ARTHUR — Comment, « qu'est-ce que c'est ? » C'est des Gobelins !

LÉODAGAN — Mais… je croyais que vous aviez fini de tous les buter !

ARTHUR — Non mais vous êtes gonflé. C'est vous qui disiez « j'en ai flingué soixante » !

LÉODAGAN — Soixante, oui. Mais c'est vous qui avez dit « j'ai fini de les buter » !

ARTHUR — De buter les miens, oui ! Pas les vôtres !

LÉODAGAN — Mais quoi, les vôtres ? Il y a pas mon nom dessus, quand même !

ARTHUR — Du coup, si ça se trouve, c'est eux qui ont repris le sac !

LÉODAGAN — Ça dépend, où est-ce que vous l'aviez posé ?

ARTHUR *(fort)* — Mais c'est pas moi qui l'avais !

LÉODAGAN — Ah non mais faire du labyrinthe avec un trou de balle pareil, il faut drôlement de la vaillance !

ARTHUR attaque LÉODAGAN qui riposte.

4. INT. CUISINES – NUIT

ARTHUR grignote un morceau. La porte s'ouvre ; LÉODAGAN apparaît.

LÉODAGAN — Tiens, vous êtes là ?

ARTHUR — Pas moyen de pioncer.

LÉODAGAN — Moi non plus… Et le jour va se lever.

Il arrive à la table.

ARTHUR — Sans déconner, vous savez pour combien il y en avait, dans ce sac ?

LÉODAGAN — Ben je me fais vaguement une idée, ouais…

ARTHUR — C'est pas à pleurer de s'asseoir sur un pognon pareil ?

LÉODAGAN — Mais qu'est-ce qu'on a bien pu en foutre, nom d'un chien de nom d'un chien ..

ARTHUR — Vous dites « on »… Il y a eu progrès !

LÉODAGAN — Je dis « on » pour pas dire « vous », histoire de pas remettre ça !

ARTHUR — Vous faites bien !

LÉODAGAN — Ah putain, ça y est !

ARTHUR — Ça y est quoi ?

LÉODAGAN — Je me souviens où je l ai posé, ce con de sac !

ARTHUR — Quoi ?

LÉODAGAN — Vous me l'avez refilé vers la sortie, je l'ai posé dans un recoin pour rajuster mes sangles et j'ai dû me barrer sans le reprendre.

ARTHUR — Vous voulez dire qu'on y retourne, là ?

LÉODAGAN — De toute façon, il y a pas moyen de pioncer…

FERMETURE

5. INT. TEMPLE PERDU – JOUR

LÉODAGAN et ARTHUR sont face à un coin de mur.

ARTHUR — Comment ça, « c'est là » ?

LÉODAGAN — Ben ouais, c'est là que je l'ai posé.

ARTHUR — Eh ben il est pas là !

LÉODAGAN — Non bah, je me goure d'endroit.

ARTHUR — Mais comment vous pouvez vous gourer, je croyais que vous étiez sûr !

LÉODAGAN — Soit je me goure de coin, soit je me goure tout court et c'est pas moi qui avais le sac !

NOIR

Des Gobelins crient.

LÉODAGAN — Merde mais il y en a combien, de ces cons-là ?

74
L'Ambition

A. Astier

3 CORS

1. INT. SALLE DU TRÔNE – JOUR

Arthur et Lancelot attendent les visites de doléances.

Arthur — Comment ça se fait qu'on a que deux gardes, aujourd'hui ?

Lancelot — Je crois que les autres, ils sont en stage.

Arthur — En stage ? En stage de quoi ?

Lancelot — Je sais plus… C'est une formation de Chef de milice, je crois.

Arthur — Ah bah bien.

Lancelot — Vous vous souvenez pas quand ils sont venus nous voir comme quoi « garde » ça pouvait être qu'une situation transitoire et qu'ils voulaient se donner les moyens d'appréhender leur carrière avec enthousiasme ?

OUVERTURE

2. INT. SALLE DU TRÔNE – JOUR

Arthur et Lancelot reçoivent Guethenoc.

Arthur — C'est où que vous partez, exactement ? J'ai pas compris…

Lancelot — En Calédonie.

Guethenoc — Je pars… Je pars… Je pars pas vraiment ! Commencez pas à jouer sur l'affectif !

Lancelot — Bah… Vous venez pas de nous dire que vous partiez ?

Guethenoc — Si mais c'est pas définitif. Simplement, en Calédonie, les agriculteurs, c'est des vrais débiles. Ils sont pas foutus de faire sortir un radis.

Arthur — Mais qu'est-ce que ça peut vous foutre, les radis de Calédonie ?

Guethenoc — Non mais ils me demandent des conseils, voyez ? Parce qu'ils comprennent rien ! Là, ils sont sur un projet de plants de cresson… Comme je leur dis : « Un crucifère en sol argileux, mes colons, vous êtes pas prêts de vous faire une salade ! »

Lancelot — Mais qu'est-ce qu'on va devenir, nous, ici ?

Guethenoc — Je vous ai mis deux petits gars que j'ai formés moi-même. Un pour les récoltes et un pour les bêtes.

Arthur — Mais pourquoi vous vous barrez ? Ici, c'est vous qui chapeautez tout !

Guethenoc — Ouais mais là, ça me donne l'occasion d'être consultant, voyez ? C'est tous frais payés… Là, c'est peut-être moi qui chapeaute mais je passe quand même mes journées à bêcher de la bouse !

3. INT. SALLE DU TRÔNE – JOUR

Arthur et Lancelot reçoivent Père Blaise.

Père Blaise — Mettez-vous à ma place : le Pape vient de claquer ! Il y a une place à prendre !

Lancelot — Mais vous nous avez jamais dit que vous vouliez être Pape !

Père Blaise — Mais parce que l'occasion s'est jamais présentée ! Là, c'est l'aubaine !

Arthur — Mais et nous ? Comment on va faire, maintenant ? Un scribe, ça se remplace pas comme un valet de pied !

Père Blaise — Mais si je me présente pas maintenant, ils vont en élire un autre et je serai marron ! Parce qu'après, Pape, c'est à vie ! Pour peu qu'ils choisissent un jeunot, je peux faire une croix dessus !

Lancelot — Pourquoi est-ce qu'ils vous éliraient vous ? Ils vous connaissent pas !

Père Blaise — Au moins, je l'aurai tenté ! Qu'est-ce que ça coûte ?

Lancelot — Et la quête du Graal ? Ça aussi, vous laissez tomber ? Je croyais que vous trouviez ça grandiose !

Père Blaise — Ouais, la quête du Graal, c'est sympa mais on parle pas de la même chose, là… Pape ! Je vous parle de devenir Pape !

Arthur — Mais Pape, Pape… Moi, je l'ai croisé une fois, le Pape…

Père Blaise *(impressionné)* — Sans déconner…

Arthur — Mais ouais ! Ben, c'est un guignol comme les autres, hein ! Faut pas croire ! C'est pas parce qu'on dit « Pape »…

Père Blaise — Mais c'est une histoire de pouvoir ! Moi je vous le dis, dans pas longtemps, les Chrétiens, c'est eux qui mèneront la danse dans toute l'Europe. C'est maintenant qu'il faut être sur le coup.

Lancelot — Vous imaginez le fourbi que ça va être de trouver un scribe chrétien qui retranscrive la légende ?

Père Blaise — Il faut un type qui assure le truc jusqu'à ce que je revienne.

Lancelot — Et si vous devenez Pape et que vous revenez pas ?

Père Blaise — Non mais attention… même si je deviens Pape, ça m'empêche pas de passer faire un petit coucou une fois de temps en temps…

4. INT. SALLE DU TRÔNE – JOUR

Arthur et Lancelot sont restés seuls.

Arthur *(soupirant, à lui-même)* — Vous parlez d'une journée…

Lancelot — Sire, puisqu'on a deux secondes, il fallait que je vous parle… Vous savez, au début de cette histoire…

Arthur — Quelle histoire ?

Lancelot — Bah la Table Ronde, la quête du Graal, tout ça…

Arthur — Oui eh ben… ?

Lancelot — Au début, il y avait énormément de bonne volonté. Et puis tout était à faire : même Kaamelott, il a fallu tout construire, c'était stimulant.

Arthur — Parce que maintenant que c'est construit, c'est plus stimulant ?

LANCELOT — C'est pas pareil, les choses sont posées... Moi, je vous rappelle quand même que je suis censé être un Chevalier errant...

ARTHUR — C'est vous qui dites ça, personne vous appelle Chevalier errant !

LANCELOT — ...parce que ça fait des années que je fais le Ministre à Kaamelott ! Attention ! Vous seconder est un véritable honneur, Sire !

ARTHUR — Ben tiens...

LANCELOT — Mais je crois que j'ai besoin de repartir un peu à l'aventure.

ARTHUR — Ah non mais vous allez pas vous tirer, vous aussi !

LANCELOT — Me tirer, non.

ARTHUR — Ah bon.

LANCELOT — Convenons d'un mi-temps.

FERMETURE

5. INT. COULOIRS – NUIT

La porte de la chambre d'ARTHUR s'ouvre ; PERCEVAL est là. Lui et ARTHUR sont en costume de nuit.

ARTHUR — Perceval ? Qu'est-ce que vous foutez là à cette heure-ci ?

PERCEVAL — Je suis désolé, Sire, mais je crois que je vais être obligé de m'en aller.

ARTHUR — Vous en aller ? Où ça ?

PERCEVAL — Chez moi, au Pays de Galles.

ARTHUR — C'est pas vrai ! Qu'est-ce qui se passe, encore ?

PERCEVAL — C'est ma grand-mère, elle s'est barrée de la ferme de mes vieux…

NOIR

PERCEVAL *(OVER)* — Je viens de recevoir un pigeon, ça fait une semaine qu'ils lui courent après.

75
Le Poème

A. ASTIER

3 CORS

1. INT. CHAMBRE D'ARTHUR – SOIR

ARTHUR dort. GUENIÈVRE, un parchemin à la main, le réveille en lui secouant l'épaule.

GUENIÈVRE — Hé !

ARTHUR *(sursautant)* — Hein ! Qu'est-ce qui se passe ?

GUENIÈVRE — Vous dormez ?

ARTHUR — Bah… *(criant)* évidemment, que je dors ! Je joue pas aux fléchettes !

GUENIÈVRE — Vous pouvez me rendre un service ?

ARTHUR *(fort, après avoir réfléchi)* — Non !

OUVERTURE

2. INT. CHAMBRE D'ARTHUR – SOIR

ARTHUR et GUENIÈVRE sont au lit.

GUENIÈVRE — Je dois réciter ce poème demain à la Fête des fleurs.

ARTHUR — Qu'est-ce que vous voulez que ça me fasse ?

GUENIÈVRE — Je n'arrive pas à le retenir !

ARTHUR — Si vous arrivez pas à retenir un poème, pourquoi est-ce que vous en récitez un demain ?

GUENIÈVRE — Je croyais que ce serait plus facile ! C'est sur la nature !

ARTHUR — Parce que quand c'est sur la nature, c'est plus facile ?

GUENIÈVRE — Ben, finalement, non.

ARTHUR — Eh bah vous chanterez une chanson, et c'est marre. Allez, laissez-moi dormir.

GUENIÈVRE — Mais vous pouvez bien me donner un coup de main !

ARTHUR — Je suis crevé ! Je me lève tôt ! J'ai autre chose à foutre que de réciter des poèmes à deux heures du matin !

GUENIÈVRE — Je vous demande jamais rien !

ARTHUR — Eh ben continuez !

GUENIÈVRE — Si demain, je suis ridicule, ce sera de votre faute !

ARTHUR — Eh ben ça fera pour toutes les fois où vous êtes ridicule et que j'y suis pour rien !

GUENIÈVRE — Écoutez, je vous demande pas grand-chose, je vous demande une heure.

ARTHUR *(surpris)* — Une heure !

GUENIÈVRE — Une petite heure.

3. INT. CHAMBRE D'ARTHUR – SOIR

ARTHUR tient le parchemin tandis que GUENIÈVRE récite.

GUENIÈVRE *(récitant)* — *« Le vent, pareil à l'enfance,*
Se joue de l'arbre moqueur... »

ARTHUR soupire.

GUENIÈVRE — Quoi, c'est pas ça ?

ARTHUR — Si, si.

GUENIÈVRE — Eh bah alors ?

ARTHUR — Eh bah alors quoi ?

GUENIÈVRE — Pourquoi vous soupirez ?

ARTHUR — Non mais c'est le poème...

GUENIÈVRE — Le poème ? Qu'est-ce qu'il a, le poème ?

ARTHUR — Il est zéro. Voilà ce qu'il a.

GUENIÈVRE — Non mais vous êtes gonflé !

ARTHUR — Mais c'est bon, je m'en fous, de toute façon ! Allez, enquillez, je veux pas y passer la nuit !

GUENIÈVRE — On peut savoir ce que Sire Arthur de Bretagne trouve à redire quant au choix du poème que je compte réciter demain et qui m'a pris un temps fou ?

ARTHUR — Vous avez pris un temps fou pour choisir ça ?

GUENIÈVRE — Parfaitement !

ARTHUR — Eh ben ma cousine...

GUENIÈVRE — Mais je vous en prie, faites-moi profiter de vos lumières, puisque vous êtes soudainement devenu un expert en beau langage !

ARTHUR — Pas besoin d'être expert ! *(lisant)* « Le vent, pareil à l'enfance, se joue de l'arbre moqueur... »

GUENIÈVRE — Oui eh bien ?

ARTHUR — Eh bien, c'est nul. Voilà. « L'arbre moqueur », déjà… Il faut toujours qu'ils foutent des épithètes à tout ce qui bouge, les poètes. Et même à ce qui bouge pas. « La fleur goguenarde, l'abeille malicieuse, le roseau pliable, l'ourson rabat-joie… » Même, des fois, ils le mettent avant le mot, histoire de faire genre ! « Le gai souriceau, le prompt madrigal, la frisottée moustache… »

4. INT. CHAMBRE D'ARTHUR – SOIR

Le couple royal est en plein conflit.

GUENIÈVRE — Je trouve révoltant de votre part de mettre systématiquement tout en œuvre pour me décourager !

ARTHUR — Mais vous allez pas dire que c'est pas des conneries ! Est-ce que je vous dis : « Passez-moi la blanche sauce », moi ? Ou alors : « Qu'est-ce qu'il y a là-dedans ? — De la hachée viande et des secs raisins » ?

GUENIÈVRE — Vous ne comprenez rien à rien ! C'est une licence poétique !

ARTHUR — Non ! Non, non ! Je suis désolé. Il y a trop de clampins qui se disent poètes et sortent la licence poétique à chaque fois qu'ils pondent deux merdes que personne comprend.

GUENIÈVRE — Mais moi, je suis désolée, je comprends !

ARTHUR — Mais non !

GUENIÈVRE — En tout cas, ça me dérange pas…

ARTHUR — Ça vous dérange pas !

GUENIÈVRE — Vous avez peut-être mieux à me proposer ?

ARTHUR *(après avoir soupiré)* —
« Au printemps, le sommeil ne cesse dès l'aurore
Partout se font ouïr les gazouillis d'oiseaux
La nuit s'achève enfin dans le souffle des eaux
Qui sait combien de fleurs seront tombées encore ? »

GUENIÈVRE reste bouche bée.

ARTHUR — Ah bah oui, là, c'est sûr ! C'est du chinetoque, les mecs, ils se raclent un peu la soupière avant de sortir n'importe quelle glanderie !

FERMETURE

5. INT. CHAMBRE D'ARTHUR - SOIR

GUENIÈVRE récite le poème chinois à ARTHUR.

GUENIÈVRE — *« Qui sait combien de fleurs seront tombées encore ? »*

ARTHUR — Voilà. Bon, on peut pioncer, maintenant ?

GUENIÈVRE — Je peux vous poser une question ?

ARTHUR — Quoi ?

GUENIÈVRE — Qu'est-ce que ça veut dire : « La nuit s'achève enfin dans le souffle des eaux... » ?

ARTHUR soupire.

NOIR

ARTHUR *(OVER)* — C'est une licence poétique.

76
Corpore Sano

A. Astier

3 CORS

1. INT. CHAMBRE DE KARADOC – MATIN

Karadoc se réveille. À ses côtés, Mevanwi est encore endormie. Les oiseaux chantent. Karadoc, après s'être étiré, se saisit d'un jambon sous son lit et s'en découpe un généreux morceau.

OUVERTURE

2. INT. SALLE À MANGER – JOUR

Arthur déjeune avec Perceval et le Maître d'Armes.

Perceval *(au Maître d'Armes)* — Eh ben, vous mangez pas ?

le Maître d'Armes — J'ai fini.

Perceval — Fini ? Mais vous avez même pas commencé…

le Maître d'Armes — Un peu de raisin pour rafraîchir, éventuellement.

Arthur — Mais on en est pas aux fruits, là !

PERCEVAL — On a pas fini le deuxième plat de viande !

ARTHUR — Et puis il y a les volailles…

LE MAÎTRE D'ARMES *(souriant)* — Libre à vous de vous suicider à petit feu en suivant le régime alimentaire d'un ours mais j'ai personnellement quelques principes d'hygiène qui m'engagent à plus de sobriété.

PERCEVAL — C'est vrai, ce qu'on dit ? Que vous bouffez que des graines ?

LE MAÎTRE D'ARMES — Je ne bouffe pas de graines ! Des fruits séchés, des fèves, des lentilles et surtout beaucoup d'eau et jamais d'alcool.

ARTHUR — Eh ben… Vous vous emmerdez pas, pendant les repas ?

LE MAÎTRE D'ARMES — Non. À moins qu'ils ne durent plus de trois heures comme aujourd'hui…

ARTHUR — Ça va, ça fait pas trois heures…

PERCEVAL — Quand on aura fini le fromage, les compotes et les fruits confits, ça fera sûrement trois heures…

3. INT. SALLE D'ARMES - JOUR

LE MAÎTRE D'ARMES attend patiemment qu'ARTHUR soit prêt à commencer la séance d'entraînement.

LE MAÎTRE D'ARMES — Alors ? Ça peine, hein ? Ça vous apprendra à vous taper une bassine de barbaque avant un combat !

ARTHUR — Un combat… Moi, je fais quelques passes pour vous faire plaisir et rideau. J'ai pas que ça à faire, non plus.

LE MAÎTRE D'ARMES — Vous vous tirez faire une sieste, je suppose ?

ARTHUR — Mais pas du tout !

LE MAÎTRE D'ARMES — Eh ben je sais pas comment vous faites ! Moi, après un repas pareil, je suis obligé de tenir le lit pendant deux jours !

ARTHUR — C'est une habitude à prendre ! C'est sûr que si vous bouffez que des graines…

LE MAÎTRE D'ARMES — Je ne bouffe pas que des graines, Sire ! Mais j'estime que, quand on avale l'équivalent de son poids en viande deux fois par jour, il faut pas s'étonner de pas pouvoir mettre un pied devant l'autre sur les champs de bataille !

ARTHUR — Mais je suis pas sur un champ de bataille, là… Je suis chez moi et je préférerais aller pioncer une heure plutôt que me démener à faire des entraînements interminables !

LE MAÎTRE D'ARMES — Ils sont interminables parce que je me bats contre une grosse pintade de deux cents livres et qu'on s'emmerde !

ARTHUR — Eh ben justement, ça vaut pas le coup de s'emmerder ! Foutez-moi la paix une bonne fois !

LE MAÎTRE D'ARMES — C'est capital, de s'entraîner ! En combat réel, vous allez droit au casse-pipe, avec votre surcharge pondérale !

ARTHUR — En combat réel, je tombe plus souvent sur des comme moi qui aiment bien bouffer plutôt que sur des mecs tous fins qui mangent que des graines !

LE MAÎTRE D'ARMES *(outré)* — Je ne mange pas de graines, Sire !

4. INT. CUISINES – NUIT

Arthur arrive aux cuisines ; Karadoc est déjà là.

Arthur — Tiens… Qu'est-ce que vous foutez là, vous ?

Karadoc — Ah bah, c'est deux heures du matin. C'est mon casse-dalle de la nuit.

Arthur vient se tenir à côté de Karadoc et commence à manger, lui aussi.

Arthur — Sans indiscrétion, vous en avez combien, des casse-dalles, par jour ?

Karadoc — Par jour ? Ben… sept !

Arthur — Sept ? Vous êtes sûr que ça fait pas plus ? Celui-là, par exemple, ça fait combien aujourd'hui ?

Karadoc — Vous m'avez pas demandé ceux de la nuit, vous avez dit « par jour »…

Arthur — Oui, par jour… Parce que sept, c'est juste la journée ?

Karadoc — Évidemment ! Avec ceux de la nuit, ça fait onze.

Arthur — Je voulais vous demander… Qu'est-ce que vous pensez du Maître d'Armes ?

Karadoc — À quel point de vue ?

Arthur — Alimentaire.

Karadoc — J'aime mieux pas parler de ça. Vous vous rendez compte de l'exemple qu'il donne aux jeunes ?

Arthur — Pas bien, non.

Karadoc — Qu'est-ce que c'est que ce style, de bouffer des petits machins tout secs et trois gallons de flotte par jour ?

Arthur — Chacun son truc…

KARADOC — Si la jeunesse se met à croire à ces conneries, on se dirige tout droit vers une génération de dépressifs ! *(solennel)* Le gras, c'est la vie !

FERMETURE

5. INT. CHAMBRE D'ARTHUR – NUIT

GUENIÈVRE est au lit. ARTHUR revient se coucher.

GUENIÈVRE — Vous étiez chez Demetra ?

ARTHUR — Non, aux cuisines ?

GUENIÈVRE — Encore ? Vous croyez pas que vous exagérez ?

ARTHUR — Un petit bout de pain, quoi… Je gargouillais.

GUENIÈVRE — Vous feriez mieux de prendre exemple sur le Maître d'Armes. Voilà un homme sain.

ARTHUR — Oui bah, s'il faut manger des graines jusqu'à ma mort pour être sain, je préfère être malsain.

NOIR

LE MAÎTRE D'ARMES *(OVER, hurlant)* — Je ne mange pas de graines !

77
Le Havre De Paix

A. ASTIER

3 CORS

1. EXT. ARBRE MILLÉNAIRE – JOUR

LÉODAGAN vient prendre l'air sur le banc, près de l'arbre. Il inspire profondément, profitant du calme. Un oiseau se met à chanter sur une branche surplombant LÉODAGAN.

LÉODAGAN — Ah non, hé ! Ho ! Ça va peut-être aller !

L'oiseau s'arrête. LÉODAGAN marque son approbation. Puis, l'oiseau reprend de plus belle. LÉODAGAN soupire de lassitude.

OUVERTURE

2. EXT. ARBRE MILLÉNAIRE – JOUR

ARTHUR se dirige vers son arbre pour se reposer. Il trouve LÉODAGAN assis sur le banc.

ARTHUR — C'est vous beau-père ?

LÉODAGAN — Tiens ! Bah qu'est-ce que vous fabriquez là, à cette heure ?

ARTHUR — Heu… comme souvent à cette heure — justement —, je viens me poser les miches sur mon banc, sous mon arbre.

LÉODAGAN — Ah ouais, je vois l'ambiance. « Mon banc, mon arbre… » Trois possessifs par phrase, le ton est donné.

ARTHUR — Sans rire, qu'est-ce que vous glandez là ?

LÉODAGAN — Ah bah rien de bien constructif, c'est sûr ! Je prends l'air, je fais le point, je prends du recul… enfin tous les trucs de bonnes femmes, quoi.

ARTHUR — Vous pourriez pas faire le point dans le champ d'à côté ? Déjà, il y a le bon air tout pareil et en plus, j'y suis pas. Question recul, vous serez tranquille !

LÉODAGAN — Mon bon Souverain, je vous dirais déjà pour commencer que cet arbre, il y a pas votre nom dessus — et d'une — que si j'ai envie de visiter les parcelles voisines, j'ai pas besoin de vos avis — et de deux — et que question recul, ça se passait pas trop mal jusqu'à ce que vous vous pointiez. Et de trois.

3. EXT. ARBRE MILLÉNAIRE – JOUR

ARTHUR et LÉODAGAN se disputent toujours la place près de l'arbre.

ARTHUR — C'est vrai, j'ai besoin d'être seul pour me détendre, pour penser à rien. Ça me recentre sur les problèmes d'État.

LÉODAGAN — Parce que pour les problèmes d'État, vous êtes centré ? Ah bah merci de prévenir ! C'est vrai qu'il est en pleine forme, l'État. C'est à se demander à quoi vous pensez quand vous pensez à rien !

ARTHUR — Bon, beau-père, on va pas se fâcher, il y a pas de raison…

LÉODAGAN — D'habitude, on n'a pas tellement besoin de raisons…

ARTHUR — Je vous demande d'aller vous trouver un autre coin que le mien.

LÉODAGAN — « Le mien ! » Vous voyez, vous recommencez !

ARTHUR — Écoutez, beau-père, cet arbre, il a plus de mille ans ; je crois qu'il a jamais entendu autant de conneries qu'aujourd'hui. Moi, j'y viens depuis des années pour être peinard, tout le monde s'accorde à dire que c'est plus ou moins le mien.

LÉODAGAN — « Le mien, le mien… » À plus de mille ans, c'est pas vous qui l'avez planté, si ?

ARTHUR — Bon, j'ai compris : vous avez décidé de m'emmerder.

LÉODAGAN — Mais pas du tout, j'étais là, moi ! C'est vous qui venez me les râper !

ARTHUR — Beau-père, je suis désolé, vous m'obligez à utiliser mon autorité suprême — vous savez que j'aime pas ça —, je vous demande de lever vos fesses de là et d'aller vous trouver un autre coin. Voilà.

LÉODAGAN *(méprisant)* — Ah bravo… bravo ! Vous pouvez flamber !

ARTHUR — Ah bah, ça me fait pas plaisir d'en arriver là, vous pouvez me croire !

LÉODAGAN *(se levant)* — Eh ben je vous le laisse, votre coin. Sans regret ! D'ailleurs, s'il vous plaît tant que ça, vous devriez songer à venir y crécher définitivement ! Vous commenceriez peut-être par nous les lâcher un peu !

ARTHUR — Vous allez me foutre le camp, oui ?

LÉODAGAN — Tiens, je connais un petit bosquet de mûriers au poil ! Bonne journée !

4. EXT. ARBRE MILLÉNAIRE – JOUR

ARTHUR se repose au pied de son arbre. LÉODAGAN arrive avec des provisions.

ARTHUR — Encore vous ! Ah non mais c'est pas vrai ! C'est la taule, que vous cherchez ?

LÉODAGAN — Ho hé ! Une seconde, non ? Laissez-moi parler !

ARTHUR — Qu'est-ce que vous voulez, encore ? Je croyais que vous aviez trouvé un bosquet.

LÉODAGAN — J'y vais, vous inquiétez pas ! Seulement je suis allé me chercher un casse-dalle aux cuisines. Et comme vous êtes sur le chemin, avec votre arbre, je me suis dit : « Tiens, je vais lui larguer un bout de pain au passage. »

ARTHUR *(après une seconde)* — Ah bah, là, il y a le beau geste. Pardon.

LÉODAGAN — C'était comme ça, quoi…

ARTHUR — Non mais quand même ! Je vous ai connu moins fair-play ! Je vous interdis le périmètre et vous pensez à me ramener du singe.

LÉODAGAN — Alors, vous prenez ou vous prenez pas ?

ARTHUR — Ban ouais, je prends. Mais du coup, vous allez pas vous barrer maintenant ; restez là…

LÉODAGAN — Ah bah, je veux pas vous emmerder…

ARTHUR — Non mais c'est bon, je me recentrerai une autre fois, c'est pas les occasions qui manquent. Allez, venez vous asseoir.

LÉODAGAN — Bien aimable.

FERMETURE

5. EXT. ARBRE MILLÉNAIRE – JOUR

ARTHUR et LÉODAGAN mangent un morceau au pied de l'arbre. Au bout d'un moment, un oiseau proche d'eux se fait entendre. Les hommes regardent en l'air.

LÉODAGAN — Tiens, c'était trop beau.

ARTHUR — Quoi, c'est le piaf qui vous ulcère ?

LÉODAGAN — Ah, ils me gonflent, ces trucs ! Ça me tape sur le système !

ARTHUR ramasse une pierre par terre.

LÉODAGAN — Qu'est-ce que vous faites ?

ARTHUR — Bah je vous le vire. Moi, j'aime bien mais si ça vous les brise…

Il jette la pierre en l'air ; l'oiseau cesse de chanter.

LÉODAGAN — Ça me gêne…

NOIR

LÉODAGAN *(OVER)* — Je m'en voudrais de changer vos habitudes…

78
L'Anniversaire De Guenièvre

A. ASTIER

3 CORS

1. INT. BOUDOIR – JOUR

ANGHARAD coiffe la Reine.

GUENIÈVRE — Moi, je suis désolée, mais j'appelle ça du mauvais esprit !

ANGHARAD — Mais absolument pas ! Moi, je vous fiche mon billet qu'il va oublier votre anniversaire.

GUENIÈVRE — Oh, quand même… Il est pas toujours très attentionné mais bon… Quel mari oublierait l'anniversaire de sa femme ?

ANGHARAD — Ben… le vôtre.

OUVERTURE

2. INT. SALLE DU TRÔNE – JOUR

ARTHUR et LANCELOT sont seuls, côte à côte.

LANCELOT — Qu'est-ce que vous voulez que je fasse préparer, pour demain ?

ARTHUR — De quoi ?

LANCELOT — Pour demain, vous voulez quelque chose de spécial ?

ARTHUR — Qu'est-ce que vous me chantez ? Qu'est-ce qui se passe demain ?

LANCELOT — Vous avez oublié ?

ARTHUR — Ben on dirait, oui.

LANCELOT considère ARTHUR d'un œil réprobateur.

ARTHUR — Bon bah alors, vous la crachez, la pastille ?

LANCELOT *(détournant les yeux)* — Je vous comprends pas.

ARTHUR — Qu'est-ce que vous comprenez pas ?

LANCELOT — Je ne comprends pas comment on peut oublier une chose pareille.

ARTHUR *(s'énervant)* — Mais quoi, nom d'un chien ?

LANCELOT — L'anniversaire de la Reine.

ARTHUR — Ah, merde ! Alors là, pour le coup, oui. J'avais carrément oublié.

LANCELOT *(à lui-même)* — C'est incroyable.

ARTHUR — Dites, si j'ai envie d'oublier l'anniversaire de ma femme, je fais encore ce que je veux.

LANCELOT — Comment expliquez-vous que moi, je ne l'oublie pas ?

ARTHUR — Ça, ce serait plutôt à vous, de me l'expliquer.

LANCELOT est embarrassé.

ARTHUR — Et puis, vous oubliez peut-être pas l'anniversaire de la Reine mais celui du Roi, par contre…

LANCELOT *(confus)* — Bah, c'était quand ?

ARTHUR — Une semaine après le vôtre. Vous vous souvenez, *(désignant la main de Lancelot)* je vous avais offert une chevalière que vous portez pas.

3. EXT. COUR DE LA CHAPELLE – JOUR

ARTHUR et GUENIÈVRE déjeunent dehors, face-à-face.

GUENIÈVRE — Qu'est-ce que vous m'avez fait préparer à manger ?

ARTHUR — Ça je…

GUENIÈVRE *(déçue)* — Oh, c'est pas vous qui avez fait le menu ?

ARTHUR — Si, évidemment mais… c'est une surprise !

GUENIÈVRE — C'est là où on va voir si vous savez ce que j'aime.

ARTHUR *(avec appréhension)* — Ah oui. Enfin, d'un autre côté, si c'est pile ce que vous aimez, c'est plus une surprise.

Une servante amène deux assiettes.

GUENIÈVRE *(joyeuse)* — Oh, des rognons de veau ! Comme c'est gentil d'y avoir pensé !

ARTHUR — Je me suis dit : « Allez, merde la surprise ! Au moins ça, je sais qu'elle aime ! »

GUENIÈVRE — Je pense bien ! Bon appétit !

ARTHUR *(gêné)* — Ouais, super.

GUENIÈVRE — Vous mangez pas ?

ARTHUR — Si.

GUENIÈVRE — Ben… non.

Arthur — Ah mais vous voulez dire, maintenant ? Ah bah non, je peux pas blairer ça, moi, les rognons de veau. Et puis, c'est pas mon anniversaire !

Lancelot se présente à la table.

Lancelot — Tout se passe pour le mieux ?

Arthur — Royal !

Guenièvre — C'est magnifique !

Lancelot — Je vois que le Roi s'est souvenu de votre plat préféré…

Guenièvre — Oui. Un beau geste, n'est-ce pas ?

Lancelot — Magnifique. *(à Arthur)* Sire, excusez-moi, pouvez-vous me rappeler ce que vous avez demandé au dessert, que je fasse presser les cuisiniers ?

Guenièvre — Je suis sûre que c'est mon dessert préféré !

Arthur — Ben vous savez… c'est ce qu'on avait dit, quoi. Le…

Lancelot — Le… ?

Arthur — Le machin… en longueur, là.

Guenièvre — En longueur ?

Arthur — Enfin, ça peut être un peu large aussi…

Lancelot — La crème de marrons ?

Arthur — Je sais pas…

Guenièvre *(joyeuse)* — Oh merci ! Merci beaucoup !

4. EXT. COUR DE LA CHAPELLE – JOUR

Le repas s'est achevé.

Guenièvre *(impatiente)* — Bon ! Et mon cadeau ?

ARTHUR *(coincé)* — Ah… Alors, le cadeau… Ben, je vais voir si j'en ai un…

GUENIÈVRE — Comment ?

ARTHUR — Je vais voir… Si, mais j'en ai un, évidemment. Mais je vais voir…

LANCELOT s'est approché de la table.

ARTHUR *(appelant)* — Seigneur Lancelot ! *(surpris de sa présence)* Ah bah, il est là. *(à Lancelot)* Est-ce que… comment dire… ?

LANCELOT — Le cadeau pour la Reine ?

ARTHUR — Oui, voilà…

LANCELOT — Celui que vous m'avez confié tout à l'heure et que vous m'avez demandé d'amener à la fin du repas ?

ARTHUR — Oui ho bah, je pense qu'on parle du même…

LANCELOT — Le voilà, Sire.

LANCELOT donne au Roi un petit paquet.

GUENIÈVRE — Oh, mon cadeau ! Vous êtes vraiment gentil !

ARTHUR offre le cadeau à sa femme.

ARTHUR — Voilà. Joyeux anniversaire.

GUENIÈVRE défait le paquet, ouvre la petite boîte, hurle d'horreur en en apercevant le contenu et jette la boîte dans l'herbe.

GUENIÈVRE *(se levant, à Arthur)* — Espèce de malade !

Elle part. Les deux hommes restent seuls.

ARTHUR *(discrètement à Lancelot)* — Mais qu'est-ce que vous avez fait, comme cadeau ?

LANCELOT *(innocent)* — Bah… je comprends pas ! Des jolis petits cafards, tout mignons…

FERMETURE

5. EXT. ARBRE MILLÉNAIRE – JOUR

GUENIÈVRE boude. ARTHUR est venu fournir des explications.

ARTHUR — Je ne comprends pas ce qui a pu se passer ! Quelqu'un a dû nous faire une mauvaise blague…

GUENIÈVRE — Eh ben, si vous le retrouvez, vous lui direz ce que je pense de son humour !

ARTHUR — Non mais je vais faire une enquête, c'est évident.

GUENIÈVRE — Mais du coup, c'était quoi, mon cadeau ?

ARTHUR — Bah, c'était un petit… Mais vous pensez, le type, quand il a mis les cafards, il s'est barré avec le… Pas fou !

Les deux ont une mine déçue.

NOIR

ARTHUR *(OVER)* — C'est dommage, c'était un truc de valeur, en plus…

79
La Botte Secrète II

A. Astier

3 CORS

1. INT. TAVERNE – JOUR

Perceval et Karadoc boivent un verre au comptoir.

Le Tavernier — Non mais de nos jours, pour tenir un établissement comme celui-là, il faut être complètement marteau ! Entre les taxes, les routes enneigées, les postes frontière qui bloquent les livraisons et les bagarreurs qui viennent me dévaster la cabane deux fois par semaine, j'étais déjà colère mais là, je crois que j'ai atteint le paroxysme.

Perceval et Karadoc se questionnent du regard. Karadoc laisse la main à Perceval.

Perceval — Ouais, c'est pas faux.

Karadoc félicite son compagnon en pointant le pouce en l'air.

OUVERTURE

2. INT. TAVERNE - JOUR

Perceval et Karadoc mangent un morceau à une table.

Perceval — C'est quand même du velours, cette botte secrète.

Karadoc — C'est imparable.

Perceval — Un mot compliqué : tac ! « C'est pas faux » et tout le monde y voit que du feu.

Karadoc — Ah ça, le gars qui a pas trop de vocabulaire, ça lui change la vie.

Perceval — Ah mais moi, je dois l'utiliser au moins quinze fois par jour !

Karadoc — Ah attention... Faites gaffe que ça se remarque pas sinon, après, c'est foutu !

Perceval — Mais ça se voit pas !

Karadoc — Et dans une conversation où il y a que des mots difficiles ?

Perceval — Bah, j'arrête pas de dire « c'est pas faux ».

Karadoc — Non mais sans déconner, faites pas le con parce que si les gens pigent la combine, on va vraiment passer pour des gros cons !

Perceval — Bah si je comprends pas le mot...

Karadoc — Pour pas épuiser le truc, un coup en passant, vous dites que vous comprenez pas le mot.

Perceval — Ah bon ? Mais on passe pas pour un gland ?

Karadoc — Bah, une fois de temps en temps, il faut se dire : « Tant pis, je passe pour un gland aujourd'hui... »

Perceval — Ouais, remarquez, ça va ! C'est pas comme si on passait pour des glands tous les jours !

3. INT. SALLE À MANGER – JOUR

ARTHUR déjeune avec PERCEVAL.

ARTHUR — Qu'est-ce que vous voulez, ça me fait pas plaisir de taxer ! Si je pouvais annuler toutes les taxes, je le ferais !

PERCEVAL — De toute façon, il faut pas les écouter, les pécores ! Ils sont jamais contents !

ARTHUR — Les taxes, c'est censé être utilisé pour régler les problèmes des paysans et quand on les entend parler, leur seul problème, c'est les taxes. Il y a une vraie dichotomie, là.

PERCEVAL — Ouais, c'est pas faux.

ARTHUR — Et puis finalement, ça gueule mais ça se fait quand même… Ils se révoltent mais ils payent plus ou moins et puis nous, on utilise les fonds plus ou moins à bon escient…

PERCEVAL *(sans plus de méfiance)* — Ah… c'est pas faux.

ARTHUR — C'est-à-dire ?

PERCEVAL — Quoi « c'est-à-dire » ?

ARTHUR — Qu'est-ce qui est pas faux ?

PERCEVAL — Ben, ce que vous avez dit ! C'est pas faux.

ARTHUR — Ouais… Enfin, quoi qu'il en soit, il va bien falloir que je trouve un terrain d'entente. On peut pas avoir que des rapports belliqueux !

PERCEVAL — Ouais, c'est pas faux.

ARTHUR, cette fois, a remarqué la récurrence de la locution.

ARTHUR — C'est pas faux ?

PERCEVAL — Bah… ouais !

ARTHUR réfléchit.

ARTHUR — Vous êtes d'accord aussi pour dire que la définition même des taxes et les critiques qu'elles soulèvent forment une… dichotomie ?

PERCEVAL hésite. ARTHUR se tient prêt à entendre la réponse.

PERCEVAL *(après avoir encore hésité)* — Je… Je connais pas ce mot-là.

ARTHUR, surpris, réfléchit quelques secondes puis accorde à PERCEVAL le bénéfice du doute.

4. INT. SALLE À MANGER – JOUR

PERCEVAL dîne avec ANGHARAD.

ANGHARAD *(excitée)* — Ça me fait bizarre, tout de même, de dîner à la table des maîtres…

PERCEVAL — Ça risque rien, ils sont en Carmélide.

ANGHARAD — S'ils savaient, je me prendrais une de ces danses !

PERCEVAL — Pas forcément, vous êtes avec moi.

ANGHARAD — Vous avez raison. J'oublie que je dîne avec une des plus hautes autorités du Royaume…

PERCEVAL — Vous savez, si Arthur me voyait bouffer à sa table, je me prendrais une grosse tarte dans ma gueule !

ANGHARAD — Alors, vous prenez des risques, là ?

PERCEVAL — Ils sont en Carmélide. Et puis, on fait de mal à personne…

ANGHARAD — Heureusement que je vous ai, quand même. *(avec tendresse)* Qu'est-ce que je serais sans vous ? Un pauvre hère…

PERCEVAL *(rassurant)* — Ouais, c'est pas faux.

ANGHARAD accuse le coup et reprend un peu de dignité.

ANGHARAD — Vous savez, je m'accroche pas à vous par désespoir !

PERCEVAL — Ah bon.

ANGHARAD — J'ai besoin de vous poser une question — ça va vous paraître un peu osé — mais il faut que je sache…

PERCEVAL — Allez-y.

ANGHARAD — Je voudrais être certaine que vous ressentez la même chose que moi. Seigneur Perceval, est-ce que oui ou non, tout comme moi, vous vivez une idylle ?

PERCEVAL *(hésitant un peu)* — Je connais pas ce mot-là.

ANGHARAD prend une véritable douche froide. Elle rassemble ses esprits.

ANGHARAD — Vous voulez dire que nos sentiments… divergent ?

PERCEVAL — Ouais, c'est pas faux.

FERMETURE

5. INT. TAVERNE – JOUR

PERCEVAL et KARADOC boivent un verre à une table.

PERCEVAL — C'est bien d'avoir affiné le truc. Ça varie, un peu.

KARADOC — Vous avez eu besoin, ces derniers jours ?

PERCEVAL — Ah non mais c'est dingue ! Ils se sont tous mis à me sortir des trucs de fou, là ! J'avais l'impression de parler à des bouquins ! Alors là, boum ! « C'est pas faux, c'est pas faux », un coup de « je connais pas ce mot-là » : comme des cons. ils étaient.

KARADOC — Bien. Bravo.

PERCEVAL — Moi, j'avais deux ennemis dans ma vie : le vocabulaire et les épinards.

NOIR

PERCEVAL *(OVER)* — Maintenant, j'ai la botte secrète et je bouffe plus d'épinards. Merci, de rien, au revoir messieurs dames.

80
Les Parchemins Magiques

A. Astier

3 CORS

1. INT. LABORATOIRE DE MERLIN – JOUR

Merlin est très chargé. Lancelot est venu le chercher.

Lancelot — Merlin, dépêchez-vous ! Le convoi n'attend plus que vous pour partir !

Merlin — Je suis sûr d'oublier des trucs... Ça m'énerve ! Est-ce que c'est une grosse bataille ?

Lancelot — Énorme, oui. On attend pas loin de cinq mille hommes, en face.

Merlin — Je me demandais si ça valait le coup que je prenne mon doubleur de puissance.

Lancelot — Ah bah, c'est le moment ou jamais !

Merlin — Non mais je vais pas le prendre, tant pis.

Lancelot — Mais pourquoi ?

Merlin — Parce que je sais pas où je l'ai foutu.

OUVERTURE

2. EXT. FORÊT – JOUR

ARTHUR, LÉODAGAN, CALOGRENANT, LANCELOT et leurs hommes arrivent en courant. ARTHUR lève le bras pour arrêter tout le monde. Tous sont essoufflés.

LÉODAGAN — Vous êtes sûr qu'on les a semés ?

ARTHUR — Sûr, sûr… J'ai l'impression !

CALOGRENANT — Ho mes colons, la dérouillée !

ARTHUR *(à Lancelot)* — Mais comment ça se fait qu'ils nous balancent des sorts, ces cons-là ? Je croyais qu'ils connaissaient pas la magie !

LANCELOT — Mais c'est vrai, Sire ! Normalement, les Vandales ne connaissent pas la magie !

LÉODAGAN — Eh bah il ont dû prendre des cours.

ARTHUR — Mais enfin, c'est dingue, cette histoire !

CALOGRENANT — Pas besoin de connaître la magie pour activer des parchemins !

Pendant ce temps, LÉODAGAN fouille un sac en toile.

ARTHUR — Qu'est-ce que vous voulez dire ?

CALOGRENANT — Ils faisaient pas des incantations, ils lisaient des parchemins magiques. Avec des parchemins, moi aussi, je balance des sorts !

LANCELOT — Ça veut dire qu'ils ont trouvé un Enchanteur pour les leur vendre.

LÉODAGAN *(extirpant un parchemin du sac)* — Tiens, c'en est pas un, ça, de parchemin ? C'est dans le sac que je leur ai piqué !

LANCELOT — Si, c'en est un.

LÉODAGAN commence à dérouler le document.

ARTHUR — Le lisez pas ! Le lisez pas !

LÉODAGAN — C'est signé Merlin.

LANCELOT — Quoi ?

ARTHUR — Vous vous foutez de moi !

CALOGRENANT — C'est vrai, c'est sa signature !

ARTHUR *(maîtrisant sa colère)* — Ah le salopard de fumier de peigne-cul d'Enchanteur !

LANCELOT — Sire… c'est le nôtre !

LÉODAGAN — Pas que.

3. INT. LABORATOIRE DE MERLIN – JOUR

ARTHUR, LÉODAGAN et LANCELOT sont venus clandestinement dans le laboratoire.

LANCELOT — Vous êtes complètement fous ! On ne rentre pas dans le laboratoire d'un enchanteur comme ça !

ARTHUR — Au bout d'un moment : pourquoi pas ?

LÉODAGAN — C'était même pas fermé à clé…

LANCELOT — Merlin a dû protéger ce lieu avec sa magie ! Partons d'ici avant d'être maudits sur cent générations !

ARTHUR — Cent générations ? Pour vous, c'est un moindre mal, vous n'avez pas d'enfant.

LÉODAGAN — Il a même pas de gonzesse, alors…

LANCELOT — Sire ! Je trouve votre ironie injuste ! Vous savez que je ne suis pas homme à manquer de courage !

ARTHUR — Mais oui. Parfaitement ! C'est pour ça que ça m'étonne de vous voir caquer…

LANCELOT — Je ne caque pas, Sire ! Mais il y a des choses qu'il ne faut pas prendre à la légère. La magie, par exemple.

LÉODAGAN — Mais on prend rien à la légère, nous ! On vient fouiller le repère de l'autre con pour trouver des indices.

ARTHUR — C'est un traître, Seigneur Lancelot. Essayez de ne pas l'oublier. On s'est ramassés à la dernière bataille parce que ce fumier vend des sorts à l'ennemi !

LANCELOT — Sire, vous ne pouvez pas l'accuser sans preuves ! Merlin a toujours été un allié fidèle et…

LÉODAGAN — C'est justement pour ça qu'on fouille. Pour trouver des preuves !

LANCELOT — Mais c'est complètement idiot ! Qu'est-ce que vous voulez trouver dans ce fatras ?

ARTHUR — On n'en sait rien ! Peut-être une lettre… qui serait signée par un Chef ennemi, par exemple…

LÉODAGAN — Une trace… Il est tellement glandu qu'il a dû en semer dans tous les coins.

LANCELOT — Je rappelle tout de même qu'il peut arriver d'une minute à l'autre ! Je voudrais bien savoir ce que vous comptez lui dire s'il vous voit en train de fouiller son atelier !

ARTHUR — Si vous nous aidiez à chercher, on serait plus vite sortis !

LÉODAGAN — Et puis son atelier… C'est le Roi qui lui met à disposition, c'est pas sa cabane personnelle, hein !

ARTHUR — Exactement, je suis chez moi.

LANCELOT — Sire, si Merlin apprend que vous vous êtes introduit ici parce que vous le soupçonnez de traîtrise, il est capable de se vexer. Et là, pour le coup, il va vraiment filer à l'ennemi et ce sera de notre faute !

4. INT. LABORATOIRE DE MERLIN – JOUR

MERLIN est arrivé à l'improviste.

MERLIN — Je ne supporte pas qu'on fouille dans mes affaires !

LANCELOT — Mais on ne fouillait pas !

ARTHUR — Comment « on fouillait pas » ?

LÉODAGAN — On fouillait carrément...

MERLIN — Un laboratoire, c'est personnel ! Est-ce que je vais retourner vos piaules, moi ? Non !

LANCELOT — Excusez-nous, Merlin... On s'est tous un peu monté le bonnet avec cette histoire de sorts...

MERLIN — Ho mais je sais ! Je sais bien ce que vous avez dans le crâne ! Vous pensez que j'ai vendu des parchemins aux autres machins !

ARTHUR — Bah, c'est-à-dire, comme ils avaient des parchemins...

LÉODAGAN — ... et qu'ils étaient signés de votre main...

ARTHUR — Mettez-vous à notre place ! Ça pue la trahison...

MERLIN — Vous apprendrez qu'avec les cahots de la route, ces parchemins sont tombés de ma charrette sans que je m'en aperçoive et que les abrutis d'en face n'ont eu qu'à se baisser pour les ramasser par terre !

ARTHUR — Quoi ?

LÉODAGAN — C'est pas possible ?

LANCELOT — Tout s'explique !

MERLIN — J'attends vos excuses…

ARTHUR — Nos excuses ? Vous voulez que nous, on s'excuse alors qu'on s'est pris la trempe de nos beaux jours simplement parce que vous avez fait tomber des trucs par terre ?

MERLIN *(après réflexion)* — Bon bah… disons qu'on est quittes.

FERMETURE

5. INT. LABORATOIRE DE MERLIN – JOUR

MERLIN a fait venir LANCELOT.

LANCELOT — Vous vouliez me voir ?

MERLIN — Je viens de me rendre compte… Je finis juste de remonter mes caisses de fioles, là, et il m'en manque une.

LANCELOT — Ah bon ?

MERLIN — Donc, c'est une caisse de potions de foudre. Alors, il se peut que dans les jours qui viennent, si les salopards d'en face sont tombés dessus, ils viennent nous balancer des éclairs sur la tronche.

LANCELOT — Quoi ? Mais c'est terrible !

NOIR

MERLIN *(OVER)* — Donc voilà, vous vous inquiéterez pas, c'est ma faute.

81
L'Enragé

A. Astier

3 CORS

1. EXT. PLACE DE LA CHAPELLE – JOUR

Guenièvre est à table. Père Blaise passe par là.

Guenièvre *(enjouée)* — Tiens, Père Blaise ! Qu'est-ce que vous faites là ?

Père Blaise — C'est-à-dire que c'est un peu le parvis de ma chapelle, là. Voyez ?

Guenièvre — Je vous félicite ! C'est la plus jolie placette du château !

Père Blaise — J'y fais très attention. Le seul truc — j'ai jamais compris pourquoi —, c'est qu'il y a toujours de la bouffe par terre…

Il s'en va.

OUVERTURE

2. EXT. PLACE DE LA CHAPELLE – JOUR

Arthur déjeune avec Guenièvre.

Guenièvre — Vous pourriez faire un petit effort pour m'adresser la parole, tout de même.

ARTHUR — Qu'est-ce que vous voulez que je dise ?

GUENIÈVRE — Mais je ne sais pas… Vous pourriez engager la conversation sur quelque chose !

ARTHUR — Bah, engagez-là, vous !

GUENIÈVRE — De toute façon, quand vous êtes amoureux, on peut pas vous parler.

ARTHUR — Qu'est-ce que vous racontez, encore ?

GUENIÈVRE — Mais oui, à chaque fois, c'est pareil ! Vous restez les yeux dans le vague pendant des jours et vous mangez rien. Vous croyez que je vous connais pas ?

ARTHUR — Pas assez pour savoir que j'ai pas envie d'en parler, par exemple…

GUENIÈVRE — Qui c'est, cette fille ? Il paraît qu'elle sait même pas que vous êtes le Roi ? C'est ça qui vous plaît ? Qu'on vous considère comme un homme « comme tout le monde » ?

ARTHUR ne répond pas.

GUENIÈVRE — C'est ça, dites rien. Un jour, vous comprendrez peut-être que vous êtes tout simplement incapable d'être amoureux. Ni de moi, ni des autres… Et c'est pas en vous faisant passer pour ce que vous n'êtes pas que…

ARTHUR renverse la table, pulvérise quelques objets tombés à terre et s'en va, laissant sa femme choquée.

3. EXT. ARBRE MILLÉNAIRE – JOUR

ARTHUR vient s'asseoir près de l'arbre pour recouvrer son calme. Il regarde sa main et constate que ses nerfs le font trembler comme une feuille. Inquiété par son propre état, il se force à respirer profondément.

TEGEIRIAN — Vous êtes en avance…

ARTHUR lève la tête, encore très tendu.

ARTHUR — Possible…

TEGEIRIAN — Moi aussi.

ARTHUR — Vous aussi quoi ?

TEGEIRIAN — Moi aussi, je suis en avance.

Elle s'assied à côté de lui.

TEGEIRIAN — C'est-à-dire que je voulais surtout pas être en retard…

ARTHUR ne dit toujours rien.

TEGEIRIAN — J'ai vu la Reine, aujourd'hui. De loin.

ARTHUR — Ouais, moi aussi.

TEGEIRIAN — Le Roi, par contre, toujours pas. Il sort jamais ou quoi ?

Pas de réponse.

TEGEIRIAN — Remarquez, je vois pas pourquoi il sortirait. Il doit avoir tout ce qu'il veut, au château.

Silence.

TEGEIRIAN — Vous savez que ça fait quatre fois qu'on se voit et que vous m'avez toujours pas prise dans vos bras ?

ARTHUR — J'hésite.

TEGEIRIAN *(inquiète)* — Vous hésitez ?

ARTHUR — Je me demande combien de temps vous allez mettre avant de commencer à me faire chier.

Tegeirian ne répond pas.

Arthur — Deux semaines ? Trois ?

Tegeirian — Non mais je suis pas chiante, moi.

Arthur — Oui, pour le moment !

Tegeirian — Non, je suis pas chiante du tout.

Arthur l'observe.

Tegeirian — Et si vous avez un tout petit peu d'instinct, vous savez que c'est vrai.

Arthur réfléchit et la prend dans ses bras. Par-dessus son épaule, il respire.

4. EXT. ARBRE MILLÉNAIRE – JOUR

Arthur dort, agrippé à Tegeirian. Léodagan est là.

Léodagan — Non mais c'est dingue, cette histoire !

Tegeirian — Qu'est-ce que vous voulez que je vous dise, moi ? J'arrive pas à le desserrer, j'ai pas assez de force !

Léodagan — Mais je croyais qu'il dormait !

Tegeirian — Oui, il dort… Mais il est agrippé !

Léodagan — Mais c'est pas vrai !

Tegeirian — Le Roi a besoin de lui, c'est ça ?

Léodagan — Comment ça « le Roi a besoin de lui » ?

Tegeirian — Bah j'en sais rien, je sais pas ce qu'il fait, moi… Mais enfin, habillé comme ça, je me doute qu'il fait partie de la cour !

Léodagan — Mais… il vous a pas dit que…

Tegeirian — Que quoi ?

LÉODAGAN — Et vous me dites que vous êtes…

TEGEIRIAN — Ben… oui ça démarre pas mal, en tout cas.

LÉODAGAN — Bizarre… Moi il semble que si j'étais… ce qu'il est, je le dirais. Dans ce genre de cas, ça peut accélérer pas mal de choses.

TEGEIRIAN — Mais quoi ?

LÉODAGAN — Rien. Bon allez, le Roi a besoin de lui. Zou !

LÉODAGAN aide TEGEIRIAN a tirer un des bras d'ARTHUR, sans succès.

LÉODAGAN — Il y a rien à faire, il est coincé, ce con-là.

FERMETURE

5. EXT. ARBRE MILLÉNAIRE – JOUR

ARTHUR est toujours agrippé à TEGEIRIAN. LÉODAGAN arrive avec un petit en-cas enveloppé dans un linge.

LÉODAGAN — Voilà. Je vous ai fait un frichti avec ce que j'ai trouvé.

TEGEIRIAN — Merci beaucoup.

LÉODAGAN — Après vous vous démerdez, hein ! Je vais pas faire des allers-retours trois fois par jour, je vous préviens !

TEGEIRIAN — Il va sûrement se décoincer…

LÉODAGAN — Au cas, j'ai mis un peu de bouffe pour lui, aussi.

TEGEIRIAN — Vous croyez que c'est une preuve d'amour ?

Léodagan soupire d'hésitation.

NOIR

Léodagan *(over)* — Vous savez, avec celui-là, ça fait un moment que j'ai arrêté les pronostics !

82
Trois Cent Soixante Degrés

A. Astier

3 CORS

1. INT. TEMPLE PERDU – JOUR

Yvain et Gauvain progressent prudemment dans les couloirs. Ils marchent très lentement, osant à peine regarder autour d'eux. Au loin, une chauve-souris émet un léger cri. Les deux Chevaliers prennent la fuite.

OUVERTURE

2. INT. SALLE À MANGER – JOUR

Arthur déjeune avec Yvain.

Arthur — Qu'est-ce que vous voulez que je vous donne, comme conseil ?

Yvain — Je sais pas… J'ai vraiment envie de la réussir, cette mission !

Arthur — Tout ce que je peux vous dire c'est que… on sait jamais sur quoi on tombe — surtout dans les souterrains — et que si vous sentez que c'est trop dur ou que vous êtes pas de taille, vous revenez et puis on en trouve une autre plus à votre niveau.

YVAIN — Il n'est pas question qu'on revienne encore bredine !

ARTHUR — Bredouille.

YVAIN — Comment ?

ARTHUR — Qu'on revienne bredouille.

YVAIN — Ah mince.

ARTHUR — Bon. Les souterrains, c'est souvent des petites pièces successives reliées par des couloirs.

YVAIN — Quand vous dites « des petites pièces », ça a rien à voir avec les…

ARTHUR — Les quoi ?

YVAIN — C'est pas des pièces pour acheter ? C'est des pièces comme un vestibule !

ARTHUR *(après avoir regardé Yvain une seconde)* — Quand vous entrez dans une pièce, la première chose à faire, c'est un test de sécurité.

YVAIN — Ah ! J'en étais sûr !

ARTHUR — Vous entrez, vous tournez une fois sur vous-même en vérifiant chaque recoin en un coup d'œil et vous vous remettez en place avant d'avancer. Vous faites trois cent soixante degrés.

YVAIN — C'est pas un peu chaud ?

3. INT. TEMPLE PERDU – JOUR

GAUVAIN arrive par une petite porte. À peine posté, il effectue un rapide tour complet sur lui-même. Il avance d'un pas pour laisser la place à YVAIN, qu'il appelle.

GAUVAIN — Ça y est, vous pouvez venir ! J'ai effectué les manœuvres de sécurité ! À vous !

Yvain arrive à son tour, trébuche sur le seuil de la porte, retrouve son équilibre de justesse et effectue lui aussi un tour sur lui-même.

Yvain — J'ai eu chaud.

Gauvain — Le sol de ce mystérieux repaire est des plus irréguliers ! Nous devrons redoubler de prudence au risque de numéroter nos abattis !

Yvain — Les trois cent soixante degrés, c'est chacun le sien ou on peut en faire un pour deux ?

Gauvain — Comment ça ?

Yvain — Parce que vous, vous êtes entré le premier, d'accord ?

Gauvain — Oui…

Yvain — Vous avez vérifié sur trois cent soixante degrés s'il y avait pas de danger.

Gauvain — Tout à fait.

Yvain — Moi, j'arrive, j'applique à la lettre : je fais mon tour.

Gauvain — La discipline est mère de sagesse !

Yvain — Seulement, comment on peut être sûr que ça s'annule pas ?

Gauvain — Bigre ! Je n'avais pas pensé à ça.

Yvain — Si ça se trouve, tous les tests de sécurité qu'on a faits jusqu'ici sont ratés !

Gauvain — Ça voudrait dire qu'il faudrait retourner à l'entrée du temple perdu et refaire le chemin en entier avec un seul test !

Yvain *(comprenant soudain)* — Non, ça y est ! Si je fais mon tour pas dans le même sens que vous, ça annule. Mais si je le fais dans le même sens que vous, ça le double !

GAUVAIN *(heureux de la trouvaille)* — Du coup, on aurait un test de sécurité non plus de trois cent soixante degrés mais de…

Il compte. YVAIN compte avec lui, sans succès.

GAUVAIN — Sept Cent Trente-Quatre !

YVAIN — Je trouve six mille quatre cent vingt-et-un, moi…

GAUVAIN — On multiplie la sécurité par deux !

YVAIN *(excité)* — À ce compte-là, pourquoi s'arrêter à deux ? Plus on tourne…

GAUVAIN — Moins on prend de risques !

YVAIN — On y va !

GAUVAIN — Et les ennemis n'ont qu'à bien se tenir !

Ils partent tous les deux en tournant sans discontinuer sur eux-mêmes.

4. INT. TEMPLE PERDU – JOUR

YVAIN, pris de violentes nausées, tente de ne pas s'évanouir tandis que GAUVAIN, en arrière, vomit contre un mur. Après avoir repris son souffle, GAUVAIN arrive à la hauteur de son compagnon.

YVAIN — Qu'est-ce qui nous arrive ?

GAUVAIN — Un vil sorcier nous aura jeté quelque malédiction !

YVAIN — Moi, je vous préviens, je me sens pas de continuer !

GAUVAIN — Renoncer ? Mais ce serait faillir à notre mission !

YVAIN — Ouais mais là, franchement, je peux pas.

GAUVAIN — Mon oncle va être terriblement déçu…

YVAIN — On s'est pris une malédiction, quand même ! C'est pas rien !

GAUVAIN — Oui et on a amélioré notre système de sécurité !

YVAIN — Il faudrait qu'on ramène une preuve qu'on est arrivés jusqu'ici ! On pourrait desceller la pierre qu'on a vue tout à l'heure !

GAUVAIN — Celle avec le dragon gravé ?

YVAIN — Oui, c'est une preuve !

GAUVAIN — Non mais j'ai vomi dessus.

YVAIN — Ah… Bah non alors.

GAUVAIN *(prenant de la paille au sol)* — Prenons quelques-uns de ces fétus de paille !

YVAIN — Ouais, hyper !

Ils se tapent dans les mains et enchaînent leur routine. Soudain, l'écho d'un terrifiant cri de monstre se répercute dans tout le dédale. Les Chevaliers, effrayés,retournent vers la sortie, toujours selon leur nouvelle méthode : en effectuant de rapides tours sur eux-mêmes.

FERMETURE

5. INT. TEMPLE PERDU – JOUR

ARTHUR arrive dans le tunnel par une petite porte. Il avance et tombe sur quelque chose à terre. Visiblement rassuré, il rengaine Excalibur.

ARTHUR *(au loin, derrière lui)* — C'est bon, ils sont là !

NOIR

ARTHUR *(OVER, à Yvain et Gauvain)* — Qu'est-ce qui s'est passé ? C'est vous qu'avez gerbé partout, là ?

83
Pupi

J. Sevilla - A. Astier

3 CORS

1. EXT. PLACE DU MARCHÉ – JOUR

Arthur et Grüdü se frayent un chemin à travers le marché.

Grüdü — Sire, c'est trop dangereux ! Je peux pas garantir votre sécurité au milieu de tous ces mange-merde !

Arthur — C'est bon, on est bientôt à Kaamelott !

Grüdü — Si vous m'aviez dit que vous vouliez faire le marché, j'aurais pris trois gars en plus !

Arthur — Mais j'en ai rien à foutre, du marché ! Je veux pas me taper le détour par le bois, c'est tout !

Grüdü — Surtout, gardez bien votre capuchon ! Que personne vous reconnaisse !

Arthur — Mais c'est bon ! On est presque arr…

Au loin, une voix appelle Arthur.

Karadoc *(off)* — Sire ! Sire ! Youhou !

OUVERTURE

2. EXT. PLACE DU MARCHÉ – JOUR

Karadoc, Mevanwi et leurs enfants se dirigent vers Arthur.

Karadoc — On a failli pas vous reconnaître avec votre déguisement !

Grüdü *(discrètement à Arthur)* — Qu'il la ferme ! On va se faire égorger !

Arthur — Il est pas incognito, lui ! Et personne vient l'égorger !

Grüdü — C'est pas le Roi, lui !

Mevanwi *(aux enfants)* — Allez vite faire une bise à tonton Arthur !

Quelques enfants rejoignent Arthur.

Arthur — Salut, les poulets !

Grüdü — Sire, mais vous déconnez ou quoi ?

Karadoc — Qu'est-ce que vous venez trafiquer, Sire ?

Arthur — Je me promène.

Mevanwi — Vous avez trouvé de jolies choses ?

Karadoc *(faisant une blague)* — Vous avez trouvé le Graal ?

Arthur rit jaune.

Grüdü — Sire, je vous préviens, dans deux secondes, je bute tous les passants !

Non loin de là, une sonnette retentit.

Karadoc — Ah, c'est l'heure !

Les enfants se précipitent vers un stand.

ARTHUR — L'heure de quoi ?

GRÜDÜ — L'heure de rentrer !

MEVANWI — C'est l'heure des pupi ! Vous n'allez pas rater ça, tout de même, Sire !

ARTHUR — L'heure des pupi ?

3. EXT. PLACE DU MARCHÉ – JOUR

ARTHUR, GRÜDÜ, KARADOC, MEVANWI et les enfants sont installés parmi le public d'un spectacle de marionnettes. Dans le castelet, la représentation commence en musique.

PUPO BOHORT — Bonjour, les petits amis ! C'est moi, le Seigneur Bohort !

La foule applaudit.

PUPO BOHORT — Je vais vous raconter la fabuleuse histoire de la Coupe Enchantée ! Un jour, le Seigneur Lancelot du Lac partit à la recherche d'un grand Dragon Vert !

PUPO LANCELOT — Je suis Lancelot du Lac ! Je chasse les vilains dragons ! Est-ce qu'il y en a un qui se cache par ici ?

LA FOULE — Nonnnnnn !

PUPO LANCELOT — Est-ce qu'il se cache par là ?

LA FOULE — Nonnnnn !

PUPO LANCELOT — Attention, je sens qu'un monstre s'approche !

Une ombre se profile derrière la marionnette de LANCELOT. La foule tente de le prévenir.

LA FOULE — Derrière toi ! Derrière toi !

La marionnette de PERCEVAL apparaît.

PUPO PERCEVAL — Coucou ! C'est Perceval !

La foule, très heureuse de l'arrivée de ce nouveau personnage, applaudit généreusement.

PUPO LANCELOT — Qu'est-ce que vous faites ici, imbécile ?

PUPO PERCEVAL — Je chasse le grand dragon vert !

PUPO LANCELOT — Mais non ! C'est moi qui chasse le grand Dragon Vert !

PUPO PERCEVAL — Non, c'est moi !

PUPO LANCELOT — Non moi !

PUPO PERCEVAL — Moi !

PUPO LANCELOT — Moi !

PUPO PERCEVAL — Moi !

PUPO LANCELOT — Moi !

PUPO PERCEVAL — On n'a qu'à y aller ensemble !

PUPO LANCELOT — Vous allez plutôt tâter de mon épée !

Les deux marionnettes se battent. Celle de LANCELOT tape celle de PERCEVAL à la manière de Guignol. La foule apprécie.

LA FOULE — Ouaiiiiiis !

KARADOC *(riant, à Arthur)* — Ah, ils sont forts !

GRÜDÜ *(captivé)* — Ah ouais, sans déconner, c'est mortel !

4. EXT. PLACE DU MARCHÉ – JOUR

Le spectacle continue.

PUPO BOHORT — C'est alors qu'il aperçut la belle Reine Guenièvre.

PUPO GUENIÈVRE — C'est moi, la Reine Guenièvre… Je m'ennuie toute seule dans les bois !

PUPO LANCELOT — Je suis là, ma Reine ! Pour vous servir !

PUPO GUENIÈVRE — Restez un peu à mes côté, Seigneur Lancelot !

PUPO LANCELOT — Mais je dois combattre le grand Dragon Vert !

PUPO GUENIÈVRE — Vous irez combattre demain ! Venez donc plus près me chanter une douce mélopée !

KARADOC *(à Arthur)* — Bon, après il y a des mots compliqués mais dans l'ensemble, ça se comprend bien.

MEVANWI *(à ses enfants)* — Doucement avec les beignets, les enfants…

PUPO BOHORT — Qui allait chasser le terrible Dragon Vert ? Le Seigneur Karadoc ?

La marionnette de KARADOC entre. Le public est amusé mais proteste.

LA FOULE — Nonnnnn ! Nonnnnnnnn !

LES ENFANTS — C'est papa !

KARADOC *(riant)* — Ah les cons !

PUPO BOHORT — À moins que ce ne soit le Roi Arthur ?

La marionnette d'ARTHUR entre en scène. La foule exprime son contentement.

LA FOULE — Ouaiiiiiiis ! Ar-thur ! Ar-thur ! Ar-thur ! Ar-thur !

KARADOC — Vous pouvez pas savoir ce qu'ils vous aiment, les gens !

Arthur observe alentour.

FERMETURE

5. EXT. PLACE DU MARCHÉ – JOUR

La place est vide. Les marionnettistes démontent leur castelet, le soir tombe. Une des petites filles de Karadoc s'approche d'un des marionnettistes avec une bourse de pièces d'or.

LA PETITE FILLE *(lui tendant la pièce)* — Tu peux rejouer les marionnettes, s'il te plaît ?

L'homme s'étonne puis lève les yeux pour découvrir Arthur, toujours incognito, assis seul devant le castelet. L'homme prend une marionnette et, à l'aide de ses compagnons, replace le castelet en face de la place. La petite fille rejoint Arthur qui partage son beignet avec elle.

NOIR

La sonnette du castelet tinte.

84
Vox Populi II

A. ASTIER

3 CORS

1. INT. CHAMBRE D'ARTHUR – SOIR

ARTHUR et GUENIÈVRE sont au lit.

ARTHUR — Je comprends pas, je croyais que j'étais hyper populaire !

GUENIÈVRE — Je sais pas quoi vous dire, moi… J'ai peut-être mal compris !

ARTHUR — Bah, je m'excuse mais cinquante paysans qui gueulent « Arthur au bûcher ! », je vois pas ce qu'il y a de compliqué à comprendre !

GUENIÈVRE — Ils disaient peut-être : « Arthur, notre bien-aimé ! »

OUVERTURE

2. INT. TAVERNE – JOUR

PERCEVAL et KARADOC sont attablés avec LE TAVERNIER qui tient lecture d'un grand parchemin.

PERCEVAL — Alors, la question d'après ?

LE TAVERNIER — C'est interminable, ce questionnaire. Surtout que je l'ai déjà fait pour moi !

KARADOC — Vous pouvez bien nous filer un coup de main !

PERCEVAL — On lit comme des pieds, nous ! Dans huit jours, on y est encore.

LE TAVERNIER *(lisant)* — « Diriez-vous que l'argent des taxes est employé à bon escient ? Oui, non, ne se prononce pas. »

KARADOC — On n'en paye pas, des taxes, nous. Les Chevaliers, ça paye pas de taxes.

PERCEVAL — En plus, je sais pas ce que ça veut dire « à bon escient ».

KARADOC — Moi non plus.

PERCEVAL — Non, elle est nulle, celle-là. Passez à la suivante.

LE TAVERNIER *(lisant)* — « Pensez-vous que la Quête du Graal doive être la préoccupation principale des Chevaliers de la Table Ronde ? Oui, non, ne se prononce pas. »

KARADOC — Ça, moi, je saurais pas dire…

PERCEVAL — « Principale… »

KARADOC — C'est dur de répondre, on est au premier plan, nous.

LE TAVERNIER *(retournant le parchemin)* — Ah mais attendez, je suis con ! *(lisant)* « Ce questionnaire s'adresse à tout individu résidant sur le territoire de Bretagne, sauf les Chevaliers et les membres de la cour d'Arthur. »

PERCEVAL — Et merde.

KARADOC — C'est dégueulasse.

PERCEVAL — Ils ont trop de la chance, les individus résidant sur le territoire de Bretagne.

3. INT. SALLE DU TRÔNE – JOUR

ARTHUR, LANCELOT et LÉODAGAN reçoivent BOHORT, qui leur fait lecture d'un grand parchemin.

BOHORT — Le peuple de Bretagne estime, à soixante-sept pour cent, que la sécurité à l'intérieur des cités est acceptable.

LANCELOT — Ah bah c'est bien, ça !

LÉODAGAN — C'est bien… Deux miliciens à chaque coin de rue ; avec ce que ça nous coûte, ils peuvent trouver ça acceptable !

BOHORT — En revanche, la population estime, à quatre-vingt-onze pour cent, que la sécurité en milieu rural est inexistante.

ARTHUR — Ah ouais. Carrément.

LÉODAGAN — Qu'est-ce qu'ils foutent en milieu rural, aussi ?

BOHORT — Cinquante-cinq pour cent des personnes interrogées estiment que l'hygiène est insuffisante mais douze pour cent d'entre eux précisent qu'ils sentent un net progrès.

LANCELOT — Oui mais l'hygiène, c'est pas seulement l'infrastructure…

ARTHUR — Bah ouais, c'est une prise de conscience collective…

LÉODAGAN — Je veux ! Avant de parler d'hygiène, qu'ils commencent déjà par arrêter de chier par les fenêtres…

BOHORT — Trente-deux pour cent de la population estiment que le Roi Arthur a trop de responsabilités et qu'il devrait apprendre à déléguer.

LÉODAGAN et LANCELOT regardent ARTHUR.

ARTHUR — Je les emmerde, moi. De quoi je me mêle, sans déconner… Je vais leur déléguer mon pied au cul, déjà…

BOHORT — Vingt-trois pour cent de la population estiment que le Seigneur Léodagan devrait prendre la place du Roi.

ARTHUR — Quoi ?

LÉODAGAN — Quoi ?

LANCELOT — Bah, et moi ?

ARTHUR — Ah, les fumiers !

LÉODAGAN *(pointant Bohort du doigt)* — Le papelard, vous le jetez pas, c'est moi qui le récupère.

4. INT. SALLE DU TRÔNE – JOUR

BOHORT continue d'exposer ses statistiques.

BOHORT — Trente-trois pour cent de la population de Bretagne estiment qu'il est intolérable de la part des Chevaliers de la Table Ronde de n'avoir toujours pas trouvé le Saint-Graal.

ARTHUR *(à Lancelot)* — Mais qu'est-ce qu'on en a à foutre, au bout d'un moment ?

LANCELOT — C'est vrai que ça devient fatigant, à la longue, ces critiques sommaires.

LÉODAGAN — Faut pas tout jeter en bloc… Moi, il y a des trucs qui me paraissent pas si cons que ça !

ARTHUR — S'il y a rien qui leur plaît, ils ont qu'à se tirer ! Personne les retient !

LANCELOT — Ils sont trop contents d'habiter un pays progressiste ! Qui laisse le peuple s'exprimer !

ARTHUR — Ouais bah je vais leur en coller, du progressiste ! Le prochain qui est pas jouasse, je le pends à un arbre !

BOHORT — Vous savez, ces questionnaires ne sont voués qu'à apporter une vision objective des aspirations collectives et…

LÉODAGAN *(ailleurs depuis un moment)* — Non, il faudrait trouver un moyen pour que ce soit le peuple qui décide de qui c'est le Roi… *(aux autres)* On pourrait pas trouver une combine en leur faisant remplir des petits papiers…

FERMETURE

5. INT. CHAMBRE DE LÉODAGAN – SOIR

LÉODAGAN et SÉLI sont au lit.

SÉLI — Combien de « pour cent » vous avez dit ?

LÉODAGAN — Je sais plus… Plus de la moitié !

SÉLI — Vous rigolez ?

LÉODAGAN — Est-ce que j'ai l'air de rigoler ? Je vais renverser le gouvernement ! Finis les petites mesures, les petites décisions, les traités de paix… Je vais raser le continent ! Et pour les survivants, ce sera le règne de la peur !

Il se lève.

SÉLI — Qu'est-ce que vous foutez ?

NOIR

LÉODAGAN *(OVER)* — Je casse tout dans la piaule. Il faut bien commencer !

Bruits de casse.

85
Le Rebelle

A. Astier

3 CORS

1. EXT. PLACE DE LA CHAPELLE – JOUR

Père Blaise discute avec le Roi.

Père Blaise — C'est pas facile à organiser, une réunion de la Table Ronde, quand vous êtes pas là.

Arthur — Bah, vous faites comme quand je suis là, sauf que j'y suis pas. Au bout d'un moment…

Père Blaise — Mais il y a personne pour diriger les débats…

Arthur — Mais il y a pas de débat ! Personne aura rien à dire, tout le monde va roupiller, comme d'habitude ! Vous vous arrangez juste pour qu'il y en ait pas un qui se barre en plein milieu et ce sera déjà pas mal.

OUVERTURE

2. INT. COULOIRS – NUIT

Lancelot ouvre sa porte, en tenue de nuit. Arthur est là ; il vient de frapper.

Lancelot — Sire ! Vous êtes déjà rentré ?

ARTHUR — Oui, j'ai pris la route de nuit, finalement. Tout va comme vous voulez ?

LANCELOT — Ma foi, fort bien…

ARTHUR — Je m'excuse de vous réveiller mais j'ai croisé quelques hommes en arrivant qui m'ont dit que vous étiez pas en pleine forme…

LANCELOT — Un petit coup de fatigue, probablement… Rien de grave, Sire.

ARTHUR — Bon. Bon, bon. Ça s'est bien passé, la réunion de la Table Ronde ?

LANCELOT — Bien… Autant que je me souvienne, nous avons fait de notre mieux sans vous…

ARTHUR — Pas d'accrochage, pas de souci, rien ?

LANCELOT — Rien de bien significatif, en tout cas…

ARTHUR — Parce que — alors c'est peut-être des conneries — il paraîtrait qu'au cours d'une discussion, vous vous seriez levé en disant : « Le Roi, je l'emmerde ! »

LANCELOT — Comment vous dites ?

ARTHUR — « Le Roi, je l'emmerde ! » Moi, je vous dis ça, encore une fois, c'est peut-être des conneries…

LANCELOT — Non mais il me semble que je m'en souviendrais, quand même.

ARTHUR — Bah, il me semble aussi, oui.

LANCELOT — En tout cas, j'ai pas dû le dire comme ça.

3. INT. COULOIRS – NUIT

Le ton est monté.

LANCELOT — Non mais là, sorti de son contexte, ça veut plus dire grand-chose !

ARTHUR — Oui mais moi, ce qui m'emmerde, c'est qu'il y ait un contexte qui vous le fasse dire !

LANCELOT — De toute façon, encore une fois, j'ai pas dit ça comme ça !

ARTHUR — Mais comme ça ou autrement, ça me chiffonne, excusez-moi !

LANCELOT — Je sais plus de quoi on parlait mais, en tout cas, c'était justifié.

ARTHUR — Justifié ? Non mais ho, Seigneur Lancelot, vous déconnez à plein régime ou quoi ? Je vous rappelle juste pour mémoire que, justifié ou pas justifié, je pourrais vous bannir de Kaamelott pour un truc pareil !

LANCELOT — Eh ben bannissez-moi ! Qu'est-ce que j'en ai à foutre ?

ARTHUR — Tenez ! Voyez, vous recommencez !

LANCELOT — Excusez-moi, Sire.

ARTHUR — Écoutez, Lancelot, je crois qu'on se connaît quand même assez maintenant ; si vous avez quelque chose à me reprocher, vous pouvez me parler franchement !

LANCELOT — Mais je ne sais plus comment c'est arrivé sur le tapis ! On parlait d'esclavage, je crois… Les autres disaient que vous l'aboliriez sûrement dans l'avenir, moi j'ai dû dire que c'était parce que vous aviez pas le courage de l'abolir maintenant… Il y en a un qui a dû dire qu'il fallait pas que je me prenne pour le Roi et voilà. J'ai dû dire : « Le Roi, je l'emmerde ! », mais c'était dit sans méchanceté !

ARTHUR — Ah bah quand même, moi, ça m'a l'air un peu fort, vu de là…

LANCELOT — Non mais ils me chambraient tous depuis le début de la séance parce que j'étais assis sur votre trône, aussi…

Arthur — Vous étiez assis sur mon trône ? Non mais faut pas vous gêner !

Lancelot — Vous étiez pas là et je présidais !

Arthur — Mais vous pouviez présider de votre place, non ?

Lancelot — Du coup, je me suis énervé, j'en ai fait mettre deux au cachot.

Arthur — Quoi ? Mais vous êtes dingue, non ? Vous les avez fait libérer ?

Lancelot — Mais oui… je suis pas con, non plus. *(se reprenant)* Enfin, sauf Bohort, Karadoc et Gauvain parce que, eux, ils m'ont vraiment gonflé.

4. INT. CHAMBRE DE LANCELOT – NUIT

Lancelot est couché dans son lit. Arthur, toujours habillé de jour, est allongé sur les couvertures à ses côtés.

Arthur — Qu'est-ce que vous croyez, vous ? Que Kaamelott, ça se gouverne d'une main ?

Lancelot — J'ai jamais dit ça.

Arthur — N'oubliez pas qu'à chaque fois qu'il y a quelque chose qui foire, c'est moi qu'on regarde de travers. C'est pas vous.

Lancelot — Mais je sais bien…

Arthur — En plus, tout le monde pense que vous êtes mon bras droit… vous avez déjà une position très privilégiée !

Lancelot — Je suis pas votre bras droit ?

Arthur — Bah… de fait, si ! C'est un peu comme ça que ça s'est goupillé !

LANCELOT — Mais c'est pas officiel ?

ARTHUR — Non…

LANCELOT — Alors ça, c'est la meilleure ! Avec ce que je me tape, je suis même pas votre bras droit !

ARTHUR — Je fais souvent appel à vous parce que vous êtes un peu le seul qui tient debout, il faut dire ce qui est !

LANCELOT — Ah non mais ça m'apprendra à faire du zèle…

ARTHUR — Vous voulez que je vous nomme bras droit officiel ?

LANCELOT — Non merci, vous fatiguez pas pour moi !

ARTHUR *(très en colère)* — Merde, mais au bout d'un moment, qu'est-ce que vous voulez ? Moi, je veux bien faire des efforts mais…

LANCELOT *(hors de lui)* — Eh ben faites des efforts pour arrêter de vous comporter comme un connard ! J'en ai plein le cul de seconder un merdeux de dix ans qui est même pas foutu de trouver un Graal ou de faire un môme à sa femme ! Alors oui, je m'assois sur votre trône parce que je fais la moitié de votre boulot ! Et je vous emmerde !

FERMETURE

5. EXT. PLACE DE LA CHAPELLE – JOUR

ARTHUR, suivi de PÈRE BLAISE, vient à la rencontre de LANCELOT qui arrive avec ses bagages.

ARTHUR — Ah, Lancelot ! Vous êtes de retour ?

LANCELOT — Oui, Sire. Ça m'a fait du bien, ce petit bannissement.

ARTHUR — Oh, « bannissement »... Ces petites vacances forcées, vous voulez dire ?

LANCELOT — Je crois que je vois plus clair, à présent. Merci de vous être montré magnanime, Sire.

ARTHUR — Allez défaire vos bagages, mon ami. Et bienvenue parmi nous.

LANCELOT s'éloigne.

PÈRE BLAISE — Il va mieux, non ?

NOIR

ARTHUR *(OVER)* — Non. Il me déteste encore plus qu'avant.

86
Les Félicitations

A. Astier

3 CORS

1. EXT. ARBRE MILLÉNAIRE – JOUR

Arthur et Lancelot discutent au pied de l'arbre.

Lancelot — Voilà, Sire. Je crois qu'on a fait le tour.

Arthur — Bon. Eh ben je suppose que c'est maintenant que je m'y colle ?

Lancelot — Que vous vous collez à quoi, Sire ?

Arthur — Ben, c'est pas maintenant que je reçois les félicitations de tout le monde pour mon anniversaire ?

Lancelot — Ah ! Si, si…

Arthur — Bon. Tant que vous êtes là, vous voulez commencer ? Ce serait fait…

Lancelot — Non, je vais laisser passer les collègues… Ça me permettra de bien relire ce que je vous ai préparé…

Arthur — Comme vous voulez.

Lancelot se lève, la mine apeurée. Il a oublié l'anniversaire du Roi.

OUVERTURE

2. EXT. ARBRE MILLÉNAIRE – JOUR

CALOGRENANT est assis à côté d'ARTHUR. Il termine de lui présenter ses vœux.

CALOGRENANT — « … hourra pour le Roi ! Longue vie à Arthur ! Longue vie à Arthur ! »

ARTHUR — C'est fini ? Très bien.

CALOGRENANT — Ça allait, Sire ?

ARTHUR — Oui, oui, impeccable.

CALOGRENANT — Bon, ça reste assez classique, hein…

ARTHUR — Oui non mais ça, c'est pas grave. Vous savez, c'est traditionnel, les vœux. On n'est pas censé bouleverser le truc à chaque fois…

CALOGRENANT — Non, c'est pour ça. J'ai préféré rester dans le vœu standard…

ARTHUR — Par contre, c'est volontaire, d'avoir repris des passages de vos vœux de l'année passée ?

CALOGRENANT — Heu… oui. C'est même pas des passages, en fait. Je crois que c'est plus ou moins ça au mot près…

ARTHUR — Ah oui, voilà ! Il me semblait bien que j'avais déjà entendu ça. C'est exactement les mêmes ?

CALOGRENANT — À peu de choses près.

ARTHUR — Oui mais par exemple, qu'est-ce qui change ?

CALOGRENANT — Rien.

ARTHUR — Oui, c'est les mêmes ?

CALOGRENANT — Voilà.

ARTHUR — Donc, ça va pas. Ça peut pas être les mêmes. Vous devez composer vos vœux pour mon anniversaire chaque année et ils doivent être différents à chaque fois.

CALOGRENANT — Ah, d'accord. J'avais pas compris comme ça, moi. Parce que ça fait dix ans que je vous les fais, ceux-là…

3. EXT. ARBRE MILLÉNAIRE – JOUR

GAUVAIN est venu présenter ses vœux au Roi.

ARTHUR — Bon bah merci, Gauvain…

GAUVAIN — Mais j'ai pas fini…

ARTHUR — Ah pardon. Je vous écoute.

GAUVAIN — « … *que le Roi avec sa coupe comme avant,*
Terrassa le cruel géant. »

ARTHUR — C'est fini, là ?

GAUVAIN — Non… Je suis désolé mon oncle mais j'ai eu un peu de mal à mémoriser la fin…

ARTHUR — Ah… Mais vous allez vous en souvenir ? Parce que c'était déjà pas mal long, vous savez ! Et comme ça voulait pas dire grand-chose, non plus… je me demande si ça vaudrait pas le coup d'arrêter à la phrase d'avant, en fait.

GAUVAIN — Laquelle, mon oncle ?

ARTHUR — Parce qu'à la fin, vous dites « le Roi avec sa coupe comme avant », c'est bien ça ?

GAUVAIN — Oui, mon oncle.

ARTHUR — Par exemple, cette phrase, je la comprends pas des masses…

GAUVAIN — C'est la tournure ?

ARTHUR — Non, c'est la phrase. « La coupe », je suppose que c'est le Saint Graal ?

GAUVAIN — Non, c'est votre coupe !

ARTHUR — Comment ça « ma coupe » ?

GAUVAIN — Votre coupe de cheveux ! C'est pour ça que vous ne comprenez pas, Sire.

ARTHUR — « … le Roi avec sa coupe comme avant terrassa le cruel géant » ?

GAUVAIN — Oui. C'est à propos de ce combat mémorable où, muni de votre seul courage, vous allâtes terrasser ce monstre légendaire !

ARTHUR — Non mais le géant, d'accord. Je visualise. Ce qui m'emmerde, c'est « avec sa coupe comme avant ». Qu'est-ce que ma coupe de cheveux vient foutre là-dedans ?

GAUVAIN — Là, mon oncle, c'est surtout pour la rime…

ARTHUR — La rime ? Parce que comme rime en « an », la première chose qui vous vient, c'est « avec sa coupe comme avant » ?

GAUVAIN — Je sais, c'est un peu pauvre…

ARTHUR — C'est un peu nul, surtout.

GAUVAIN — Vous voulez que je recommence sans « la coupe comme avant » ?

ARTHUR — Non, c'est bon. Merci Gauvain. Cassez-vous.

Gauvain s'en va.

4. EXT. ARBRE MILLÉNAIRE – JOUR

YVAIN, à son tour, est venu présenter ses vœux.

YVAIN *(récitant)* — *« La colombe blanche et sèche*
Retombe souvent sur sa poitrine,

Elle vole quand même, c'est très bien.
Et finit sa course
Dans la prairie de notre enfance. »

Arthur reste sans voix.

Yvain — J'ai fini.

Arthur — Bon. Alors moi, j'ai un petit problème, c'est que j'ai pas compris un mot de ce vous avez bavé.

Yvain — Comment ça, Sire ?

Arthur — « La colombe blanche et sèche »... Qu'est-ce que vous voulez dire par là ?

Yvain — Ben, la colombe, elle est pas blanche ?

Arthur — Si.

Yvain — Elle est pas sèche ?

Arthur *(confondu)* — Heu... ouais, si... Mais pourquoi elle retombe souvent sur sa poitrine ?

Yvain — Là, Sire, j'avoue, c'est pour que ça rime avec « blanche et sèche ».

Arthur — Qu'est-ce qui rime avec « blanche et sèche » ? « Poitrine » ?

Yvain — Oui, c'est une rime triple. « Blanche et sèche, poitrine et prairie de notre enfance. »

FERMETURE

5. EXT. ARBRE MILLÉNAIRE – JOUR

Perceval est venu adresser ses félicitations au Roi.

Perceval *(chantant)* — *« C'est l'anniversaire,*
Dans tous les recoins.
C'est presque tous les ans

Qu'on a l'anniversaire.
Grâce à cet anni',
C'est la joie, c'est pratique,
C'est au moins un principe
À retenir pour faire jeune.
C'est l'anniversaire,
Dans tous les recoins. »

NOIR

PERCEVAL *(OVER, chantant)* — *« Cette année, c'est bien,*
L'anniversaire tombe à pic. »

87
Les Paris

A. Astier

3 CORS

1. INT. TAVERNE – JOUR

Perceval et Karadoc boivent une coupe.

le Tavernier — Vous avez misé sur quoi pour le combat de chiens de ce soir ?

Perceval — Non mais on mise pas sur les combats de chiens, nous…

Karadoc — C'est un principe.

le Tavernier — Pourquoi donc ?

Perceval — Parce qu'on estime que les paris, c'est des attrape-couillons.

le Tavernier — Oh bah faut pas dire ça ! C'est des attrape-couillons pour ceux qui sont déjà couillons !

Perceval et Karadoc regardent le Tavernier sans mot dire.

OUVERTURE

2. INT. TAVERNE – JOUR

La discussion se poursuit.

LE TAVERNIER — Vous en avez déjà vu un, de combat de chiens ?

KARADOC — Heu… non, on aime pas bien ça.

LE TAVERNIER — Mais pourquoi ? C'est joli, pourtant ! Ça fait de l'animation !

KARADOC — Moi, j'ai peur des chiens, déjà…

PERCEVAL — Et puis moi, j'ai peur des combats. Alors comme ça, c'est réglé.

KARADOC — En plus, on y connaît rien…

LE TAVERNIER — Vous savez que pour tout ce qui est combats de chiens, vous avez devant vous un spécialiste ?

KARADOC — Vous ?

PERCEVAL — Vous nous en aviez jamais parlé…

LE TAVERNIER — C'est parce que je viens de m'y mettre… Mais je le sens… Les chiens, c'est mon truc ! *(se désignant)* Ce soir, premier combat officiel de l'écurie « bibi », j'aime autant vous dire que ça va saigner !

PERCEVAL — Mais vous en avez combien, de chiens ?

LE TAVERNIER — Pour le moment, j'en ai un. C'est le chien de ma sœur. Un petit roquet tout pourri qui boite et qui fait ses besoins au milieu de ma salle ! Saloperie, va ! Ce soir, ça va pas être la même !

KARADOC — Mais… il sait se battre ou pas ?

LE TAVERNIER — Ah bah, il vaudrait mieux pour sa gueule parce qu'en face, il vont pas lui mettre un petit poussin !

PERCEVAL — Vous avez pas peur que ce soit un peu risqué ?

LE TAVERNIER — Je maîtrise, je vous dis. Vous soutenez ?

PERCEVAL — On soutient ?

LE TAVERNIER — Vous misez sur mon champion, quoi… Un beau geste…

PERCEVAL et KARADOC posent une bourse sur le comptoir.

3. INT. TAVERNE – JOUR

Les mêmes, le lendemain.

KARADOC — Alors finalement, il est mort, votre chien, ou pas ?

LE TAVERNIER — Non mais c'est pas passé loin.

PERCEVAL — C'est-à-dire que — bon moi, j'y connais rien — l'autre était quand même vachement plus gros, non ?

LE TAVERNIER — Attendez, la taille, ça fait pas tout ! Il y a l'entraînement, aussi…

PERCEVAL — Ben l'autre était vachement plus entraîné, non ?

KARADOC — Parce que là, le vôtre, il avait quand même pas l'air dans son assiette…

LE TAVERNIER — De toute façon, il y a toujours quelque chose qui va pas avec celui-là. C'est vrai, j'ai jamais pu l'encadrer, ce chien. À chaque fois que ma sœur se pointe avec, ça me met les nerfs en pelote. Déjà, je crois qu'il doit pas y avoir un pied de chaise où il ait pas fait sa pisse…

PERCEVAL — Du coup, vous laissez tomber ?

LE TAVERNIER — Qu'est-ce que je laisse tomber ?

KARADOC — Ben… les combats de chiens !

LE TAVERNIER — Vous rigolez ? Je suis à deux doigts de ramasser le pactole ! Ce soir, j'ai un autre chien qui rentre dans la cage : ça va être un carnage.

PERCEVAL — Un chien que vous avez entraîné ?

LE TAVERNIER — Non, c'est un clébard que j'ai trouvé dans mes poubelles. Une petite merde grande comme ça, sans blague, j'ai jamais vu un chien aussi petit ! Il m'avait éparpillé mes ordures sur tout le chemin, ce salopard ! Et puis hargneux, avec ça ! Il m'a mordu la main… enfin, mordu… ça va, il a presque plus de dents, le bazar, mais ça pince !

KARADOC — Mais vous êtes sûr qu'il va tenir le choc ?

LE TAVERNIER — C'est un destructeur ! Ce soir, ça va être un festival de la sauvagerie ! Vous soutenez ?

PERCEVAL — Qu'est-ce qu'on soutient ?

LE TAVERNIER — Ben, vous prenez un pari dessus ! Il y a pas à hésiter, c'est gagné d'avance.

PERCEVAL et KARADOC misent à nouveau une bourse de pièces d'or.

4. INT. TAVERNE – JOUR

De nouveau, les mêmes, le lendemain.

PERCEVAL — Ce coup-ci, ça a été encore plus court que l'autre fois.

KARADOC — Je savais pas que les chiens, ça mangeait les autres chiens…

PERCEVAL — Ça vous casse pas le moral, deux défaites d'affilée ?

LE TAVERNIER — Ça lui apprendra à étaler mes poubelles sur la route, à ce bâtard !

KARADOC — Il a même pas eu le temps de japper…

PERCEVAL — L'autre était quand même horrible !

LE TAVERNIER — Ce soir, vous revenez ?

KARADOC — Mais vous combattez plus, vous, ce soir !

LE TAVERNIER — Comment si je combats plus… C'est une blague ? Avec mon champion de ce soir, je vais gagner de quoi refaire toute ma devanture !

PERCEVAL — C'est le chien de qui, ce coup-ci ?

LE TAVERNIER — Non mais c'est pas vraiment un chien.

KARADOC — Comment ça ?

LE TAVERNIER — Eh ben en fait, ça va faire deux semaines — croyez-le, croyez-le pas —, j'ai un putain d'oiseau juste en-dessus de ma fenêtre qui me réveille tous les matins à quatre heures et demie. Je sais pas s'il est déréglé ou quoi…

PERCEVAL — Vous allez pas le faire combattre ?

LE TAVERNIER — Je vais me gratter ! Ça lui apprendra à me les casser ! Je dors déjà trois heures par nuit, c'est pas pour m'en faire bouffer une par un con de piaf ! Vous soutenez ?

PERCEVAL — On soutient ?

LE TAVERNIER — Vous pouvez mettre gros, c'est du tout cuit. Le clébard d'en face, il va se faire bécquer le pif en moins de deux !

PERCEVAL et KARADOC misent de nouveau une bourse.

FERMETURE

5. INT. TAVERNE – JOUR

Les mêmes, le lendemain, encore. Le Tavernier étale des bourses de pièces d'or sur le comptoir.

le Tavernier — Je vous avais dit que c'était un coup en or ! Regardez-moi ça : du velours !

Perceval — En tout cas, vous féliciterez le champion ! J'ai jamais vu un oiseau aussi nerveux !

Karadoc — Je pense que le chien d'en face a dû être déstabilisé.

le Tavernier — Et ce soir, je remets ça. Vous soutenez ?

Perceval — Avec l'oiseau ?

NOIR

le Tavernier *(over)* — Non, avec un putain d'asticot que j'ai trouvé dans mon fromage, ce matin !

88
Les Esclaves

A. ASTIER

3 CORS

1. EXT. ARBRE MILLÉNAIRE – JOUR

ARTHUR mange un morceau au pied de son arbre, très absorbé par la lecture d'un parchemin.

ARTHUR *(levant son verre, machinalement)* — Je peux avoir un peu de…

ARTHUR se rend compte qu'il est seul. Avec un peu de gêne, il prend la carafe et se sert lui-même.

OUVERTURE

2. EXT. REMPARTS – JOUR

ARTHUR et BOHORT discutent tout en marchant le long des remparts.

ARTHUR — Écoutez, Bohort, il faut être un petit peu raisonnable. On en a tout le tour du ventre, des grouillots !

BOHORT — Sire, je vous en prie ! Je vous rappelle quand même que les serviteurs qui changent les torches sont les mêmes que ceux qui font les chambres et qu'il leur arrive occasionnellement de servir à table !

ARTHUR — Et alors, qu'est-ce qu'on en a à foutre ? Tant que c'est fait...

BOHORT — Sire, on ne peut pas continuer éternellement à faire n'importe quoi ! Un corps de métier par poste, c'est tout de même un minimum !

ARTHUR — Mais ça nous coûte déjà les yeux de la tête, tous ces larbins ! On va pas en faire rentrer d'autres !

BOHORT — Achetons des esclaves ! Même si je ne soutiens pas le procédé, il faut bien avouer que l'investissement de départ est vite amorti !

ARTHUR — Moi, je trouve que ça fait trop.

BOHORT — Allons au marché demain, Venec y tient son stand... Peut-être serons-nous tentés par quelque chose ? Et puis, ce sera drôlement bien, Sire ! Vous et moi faisant notre petit marché...

ARTHUR regarde BOHORT. Un frisson lui parcourt l'échine.

3. EXT. PLACE DU MARCHÉ – JOUR

ARTHUR — gardé par GRÜDÜ — et BOHORT, tous habillés en gens du peuple, se tiennent devant le stand de VENEC.

VENEC *(à la foule)* — Allez, les bouseux, on se remue ! Ils sont là, les esclaves, ils sont là ! On se bouge le tronc et on vient voir ! Allez, allez !

BOHORT *(discrètement à Arthur)* — Alors, Sire... Vous voyez quelque chose qui vous intéresse ?

ARTHUR — Qui m'intéresse ? Bohort, vous êtes bouché ou quoi ? Je vous ai dit que j'en avais rien à foutre !

BOHORT — Vous pourriez me dire, un peu !

GRÜDÜ — Déjà, pour que ça avance, il faut déjà savoir si on part sur de la femme ou du gars !

BOHORT — Restez à votre place, s'il vous plaît, garde du corps...

GRÜDÜ — Il faut se grouiller, là ! On est en plein milieu de la foule ; s'il y en a un qui veut vous mettre un coup de lame, il peut arriver de tous les côtés !

VENEC à reconnu le Roi.

VENEC — Sire ? C'est vous ?

BOHORT — Chut ! Nous sommes ici incognito !

VENEC — Ah bon ? Mais qu'est-ce que vous glandez là, au milieu des pégus ?

BOHORT — On est venus se faire une opinion sur votre marchandise...

VENEC — Mais je serais venu au château avec la came, comme d'habitude ! Qu'est-ce que vous venez vous emmerder ?

BOHORT — Nous n'avons pas besoin de vos avis !

GRÜDÜ — Allez, vite ! Il y a trop de monde, là ! On est trop exposés !

VENEC — Qu'est-ce qui vous ferait plaisir ?

ARTHUR — Bohort s'est mis en tête d'acheter des esclaves...

VENEC — Ah bon ? Mais je croyais que vous étiez un pays moderne ou je sais pas quoi... Que soi-disant, c'était pas votre truc...

ARTHUR *(à Bohort)* — D'ailleurs, on l'avait pas interdite, la vente d'esclaves, à un moment ?

VENEC — Si, c'est toujours en vigueur, d'ailleurs...

GRÜDÜ — Eh ben alors, qu'est-ce qu'il vend, lui ? Je comprends rien…

VENEC — Non mais moi, officiellement, je suis censé vendre du miel. En cas de contrôle, tac ! j'ai trois étalages de miel derrière la boutique, et les esclaves, je les accuse de vol à la tire ! Ni vu ni connu…

4. EXT. PLACE DU MARCHÉ – JOUR

VENEC vante ses produits.

VENEC *(désignant une jeune femme)* — Bon bah là, vous avez de la traîne-savate standard… Ceux-là, je les récupère un peu partout où je passe… Ce serait pour quelle utilisation ?

BOHORT — Surtout pour le service.

GRÜDÜ — Et pour la sécurité, on prend rien ?

VENEC — Attendez, pour le service, il vous faut du classe, un peu, non ? Qui sache se tenir un minimum !

BOHORT — Ah bah c'est sûr, oui ! N'essayez pas de nous refiler vos unijambistes ou vos lépreux !

VENEC — Attendez, on en a déjà parlé ! Celui de l'autre fois, j'avais pas vu qu'il était unijambiste !

ARTHUR — Bon, on peut choisir et se barrer ? J'en ai plein le dos !

GRÜDÜ — Et en plus, c'est hyper dangereux !

VENEC — Celle-ci, elle me reste d'un stock d'Ibères de l'année passée. C'est la dernière pièce.

BOHORT — Qu'est-ce que vous en pensez, Sire ?

ARTHUR — Je m'en fous.

BOHORT *(à Venec)* — Si elle est pas malade, on prend.

VENEC — Ah, « pas malade »… Si vous voulez du pas malade — déjà, j'en ai pas là — et puis attention, c'est pas le même budget !

FERMETURE

5. EXT. PLACE DU MARCHÉ – JOUR

ARTHUR et BOHORT sont sur la place avec leur nouvelle esclave que BOHORT tient enchaînée.

BOHORT — Vous verrez Sire, vous ne regretterez pas cet achat.

GRÜDÜ — On aurait pu prendre deux-trois gars pour mes renforts ! En cas de coup dur, je suis tout seul à la sécurité !

ARTHUR — Bon allez, on rentre, j'en ai vraiment ma claque !

Soudain, quelqu'un leur arrache l'esclave et part en courant !

BOHORT — Mon Dieu ! Sire ! Un vol à l'arrachée ! Grüdü, faites quelque chose !

GRÜDÜ — Ah non ! Moi, je quitte pas le périmètre !

NOIR

BOHORT *(OVER)* — Oh non ! Une esclave toute neuve !

89
Les Drapeaux

A. Astier

3 CORS

1. EXT. REMPARTS – JOUR

Bohort et Herveig, qui tient des drapeaux de couleur, arrivent en courant vers Arthur et Léodagan.

Bohort — Sire ! Ça y est ! J'ai trouvé quelqu'un pour la signalétique !

Léodagan — Mais… C'est pas celui de d'habitude !

Bohort — Celui de d'habitude, il est pas là !

Herveig — Non mais c'est bon, Sire ! Je suis hyper balaise en drapeaux. *(présentant un drapeau bleu)* Par exemple celui-là, si vous le secouez trois fois vers le bas…

Arthur — Non mais j'en ai rien à foutre ! Grimpez là-dessus, magnez-vous !

Herveig monte sur le chemin de ronde.

OUVERTURE

2. EXT. REMPARTS – JOUR

Herveig et Bohort sont sur le chemin de ronde tandis qu'Arthur et Léodagan s'adressent à eux d'en bas.

Léodagan — Ils ont commencé à faire des signes, eux ?

Bohort — Non, Sire. Toutes leurs troupes sont à l'arrêt.

Arthur — J'aime pas ça… Qu'est-ce qu'ils maquillent ?

Léodagan — Ils en ont un, de mec à drapeaux, eux aussi ?

Herveig — Oui, ils l'ont collé sur une tourelle mobile.

Léodagan — Et il fait quoi ?

Herveig — Il glande. Qu'est-ce que vous voulez qu'il fasse ?

Arthur — Bon bah, on va pas se regarder comme des cons jusqu'à demain, si ?

Bohort — Qu'est-ce qu'on peut faire ?

Herveig — Vous voulez que j'entame la conversation ?

Léodagan — Mais qu'est-ce que vous allez leur dire ?

Herveig — On s'en fout, c'est pour entamer… « Bonjour », « bienvenue »…

Arthur — « Bienvenue » ? Pourquoi vous leur dites pas de venir casser une graine à la maison ?

Herveig — C'est juste pour les faire réagir !

Il brandit trois fois le drapeau rouge à gauche, puis une fois en haut.

Bohort — Qu'est-ce que vous leur dites ?

Herveig — Ça y est, ils répondent !

Arthur — Qu'est-ce qu'ils disent ?

HERVEIG — Ils disent : « C'est ce qu'on va voir. »

ARTHUR — Quoi ?

HERVEIG — Ah mais non, merde, je me suis gouré : je leur ai dit d'aller se faire mettre !

3. EXT. REMPARTS – JOUR

Les hommes s'inquiètent.

LÉODAGAN — Alors, qu'est-ce qui se passe ?

BOHORT — Il se passe... il se passe qu'ils se mettent en formation !

ARTHUR — Ah non mais c'est pas vrai !

HERVEIG — Ça va, je me suis mélangé les saucisses ! Ça peut arriver à tout le monde, non ?

LÉODAGAN — Mais annulez le truc ! Faites quelque chose !

BOHORT — Ils font de nouveaux signes !

HERVEIG — *(observant)* — « Nous sommes prêts pour le. »

ARTHUR — Pour le quoi ?

HERVEIG — Ben, pour j'en sais rien.

LÉODAGAN — Mais qu'est-ce que vous bavez ? Ils ont pas dit : « Nous sommes prêts pour le. » !

HERVEIG — C'est pas ma faute, à moi, s'il finit pas ses phrases, l'autre con ! En plus, il a cinq mille ans, son code ! C'est ringard !

BOHORT — Ils recommencent !

HERVEIG — Ouais bah, c'est pareil, je suis pas bigleux ! « Nous sommes prêts pour le. » Ah non, il met un truc derrière.

ARTHUR — Bah évidemment !

HERVEIG — Tout à l'heure, non !

LÉODAGAN — Alors, ils sont prêts pour quoi ?

HERVEIG — « Pour le fauteuil. »

ARTHUR — Merde mais vous êtes une vraie bille en drapeaux !

HERVEIG — Pour le siège ! « Nous sommes prêts pour le siège ! »

LÉODAGAN — Pour le siège ?

BOHORT *(apeuré)* — Ah non, Sire ! Pas un siège !

HERVEIG — C'est pas vrai ! On va encore crever la dalle pendant des mois ! *(aux ennemis)* — Allez, tirez-vous ! Foutez le camp !

ARTHUR — Mais arrêtez, espèce de tordu !

LÉODAGAN — Bah de toute façon, ils entendent rien…

HERVEIG — Ils entendent rien…

HERVEIG commence à effectuer une rapide série de signes avec ses drapeaux.

BOHORT — Mais qu'est-ce que vous faites ?

LÉODAGAN — Arrêtez vos conneries ! C'est pas le moment de les mettre de travers !

BOHORT — Les troupes ennemies avancent vers le château !

HERVEIG — Voilà ! Allez, venez faire marioles, on vous attend ! On vous défonnnnnnnnnnce !

4. EXT. REMPARTS – JOUR

ARTHUR, LÉODAGAN et BOHORT sont passablement énervés contre HERVEIG.

HERVEIG — Bon, j'ai eu un petit coup de sang. Excusez-moi, Sire… Allez, pour me faire pardonner, vous dites un truc — ce que vous voulez —, je le transmets tel quel !

ARTHUR — Mais c'est pas une fleur que vous me faites, givré !

BOHORT *(terrorisé)* — Les troupes, Sire ! Les troupes !

ARTHUR *(à Herveig)* — Allez, crétin ! Rattrapez le coup !

HERVEIG — Allez, c'est bon. *(faisant des signes)* « Je vous fais mes excuses. » Voilà. Vous êtes content, Sire ?

BOHORT — Sire, les troupes ennemies sont toujours en approche !

LÉODAGAN — Il s'est encore planté dans le code !

HERVEIG — Mais non, je vous promets !

BOHORT — Ils se rapprochent !

HERVEIG — Ils veulent plus parlementer, les salauds !

ARTHUR *(à Herveig)* — Faites quelque chose, espèce de débile ! Empêchez ces tarés de passer à l'assaut !

BOHORT — Le porte-drapeaux ennemi nous fait des signes !

HERVEIG *(déchiffrant)* — « On va vous apprendre à nous traiter de gros péquenauds. »

LÉODAGAN — C'est ça que vous leur avez dit ?

HERVEIG — Mais non ! *(réfléchissant)* Ah, attendez… Ouais, ça dépend, il y a plusieurs façons de le prendre.

FERMETURE

5. EXT. REMPARTS – JOUR

Herveig tente désespérément de transmettre ses excuses au peuple ennemi.

Herveig *(faisant des signes)* — Ah, il veut rien savoir, le fumier ! *(criant)* Je m'ex-cuse ! Je m'ex-cuse ! Tu m'entends, ducon ?

Bohort — Mais arrêtez de les insulter, vous envenimez la situation !

Au loin, le bruit d'une catapulte qui se déclenche. Un grosse pierre enflammée passe au-dessus des hommes et heurte le château.

Bohort — Ils tirent !

Arthur et Léodagan partent.

Herveig *(aux ennemis)* — Allez-y, on vous attend !

NOIR

Herveig *(over)* — Balancez-les, vos merdes ! On va vous fumer !

90
Le Guet

A. ASTIER

3 CORS

1. EXT. TERRASSE – JOUR

GAUVAIN croise YVAIN sur la terrasse.

GAUVAIN *(souriant)* — Ah, Yvain ! Je suis bien aise de vous trouver ici ! À plusieurs reprises, j'ai croisé votre mère mais elle m'a dit que vous…

YVAIN regarde son ami d'un air effarouché. Sans le laisser finir sa phrase, il s'en va par les escaliers.

GAUVAIN *(sans comprendre)* — Mais… Yvain !

OUVERTURE

2. INT. SALLE À MANGER – JOUR

ARTHUR déjeune avec LÉODAGAN, SÉLI et YVAIN.

LÉODAGAN *(désignant Yvain)* — Il fait la tronche, celui-là, ou pas ? J'arrive plus à me rendre compte, maintenant, moi…

SÉLI — Monsieur est vexé.

YVAIN — Pas du tout.

LÉODAGAN — Vexé de quoi ?

SÉLI — Le Roi part en mission avec son copain Gauvain et lui n'est pas convié. Alors il boude.

YVAIN — Je boude pas ! *(à lui-même, presque inaudible)* De toute façon, j'en ai rien à foutre…

ARTHUR — Yvain, faites pas la tronche, je vous en prie…

YVAIN — Je fais pas la tronche.

ARTHUR — J'ai promis à mon neveu que je l'emmènerai en mission. Ça fait des mois que je lui dis…

LÉODAGAN — Vous aurez déjà bien assez d'un glandu à gérer…

YVAIN — Super… C'est vraiment sympa de soutenir !

SÉLI — Il vous emmènera une autre fois… chacun son tour !

ARTHUR — Non et puis là, c'est pas pareil, Yvain. Gauvain, c'est ma famille.

YVAIN — Moi aussi…

ARTHUR — Mais pas du tout…

YVAIN — Je suis le frère de la Reine.

ARTHUR *(lassé de lui-même)* — Ah oui, merde !

YVAIN — Non non mais c'est bon d'façon…

3. INT. TEMPLE PERDU – JOUR

Armé d'une arbalète, ARTHUR se tient en garde devant une porte. Dans la pièce derrière lui, GAUVAIN s'agite.

GAUVAIN *(OFF)* — Le mécanisme de ce vieux coffre me semble bien grippé, mon oncle !

ARTHUR — Allez, magnez-vous ! On peut pas rester huit jours ici !

GAUVAIN *(OFF)* — Ah, satanée serrure ! *(il manipule un coffre)* Peut-être qu'avec votre aide…

ARTHUR — Mais je peux pas vous aider ! Il faut que je fasse le pet ici pendant que vous prenez les trucs de valeur ! Dépêchez-vous !

GAUVAIN *(OFF)* — Je vais tenter un autre coffre, mon oncle.

ARTHUR — Mais combien il y en a, des coffres ?

GAUVAIN *(OFF, énumérant très lentement)* — Un… Deux… Trois… Quatre…

ARTHUR — Non mais c'est bon, c'est bon ! On s'en fout ! Prenez tout et on se tire !

GAUVAIN *(OFF)* — Ce coffre-ci me semble encore plus rouillé que le précédent !

ARTHUR — Oh mais c'est pas vrai ! Cassez les serrures avec votre dague ! Je vous dis qu'il faut qu'on se barre ! J'ai l'impression que j'entends des pas qui approchent !

GAUVAIN *(OFF)* — C'est qu'il me coûterait d'abîmer ma dague sur ces ferrailles, Sire ! C'est un cadeau que vous me fîtes pour mes quatorze ans et…

ARTHUR — Mais on s'en fout ! Je vous en donnerai une autre ! Pétez-moi ces putains de serrures et cassons-nous !

GAUVAIN *(OFF)* — Mon oncle ! Il y a un cadavre par terre !

ARTHUR — Il va bientôt y en avoir deux de plus si vous vous grouillez pas !

GAUVAIN *(OFF)* — Il tient quelque chose dans la main !

ARTHUR — C'est quoi ?

GAUVAIN *(OFF)* — Je tente de lui ôter mais le bougre s'accroche à son bien !

ARTHUR — Tirez plus fort !

GAUVAIN *(OFF)* — Ça y est !

GAUVAIN sort la tête de la pièce et présente à ARTHUR une cuiller en bois.

GAUVAIN — C'est probablement avec ça que le pauvre homme a pris son dernier repas…

ARTHUR jette violemment la cuiller par terre.

ARTHUR — Ouvrez les coffres tout de suite.

GAUVAIN — Bien, mon oncle…

ARTHUR reprend sa posture de garde.

GAUVAIN *(OFF)* — Mon oncle ?

ARTHUR — Quoi ?

GAUVAIN *(OFF)* — À votre avis, qu'est-ce qui peut bien pousser un homme sentant sa dernière heure arriver à s'agripper de la sorte à son couvert ?

4. INT. TEMPLE PERDU – JOUR

ARTHUR continue à monter la garde. Derrière lui, le bruit d'un coffre qui cède.

GAUVAIN *(OFF)* — Ça y est, mon oncle ! J'ai enfin eu raison de cette maudite fermeture !

ARTHUR — Alors ?

GAUVAIN *(OFF)* — C'est magnifique, mon oncle !

ARTHUR — Non mais je m'en fous ! Dites-moi ce qu'il y a dedans !

GAUVAIN sort la tête et donne une pièce à ARTHUR.

ARTHUR — Quoi, c'est tout ? Mais c'est naze !

GAUVAIN — Hélas, mon oncle… J'ai peur que toutes les autres soient comme celle-ci…

ARTHUR — Mais… il y en a d'autres ?

GAUVAIN — Ah oui, le coffre est plein. Vous croyez que ça a de la valeur ?

ARTHUR *(ironique)* — Je sais pas… Des pièces d'or, vous croyez que ça a de la valeur ?

GAUVAIN — Dans le doute, prenons-les ! Nous aviserons une fois en sécurité !

ARTHUR — C'est ça ! Magnez-vous le tronc !

GAUVAIN retourne dans la pièce.

GAUVAIN *(OFF)* — Mon oncle ! Est-ce que je tente d'ouvrir le coffre d'à côté ?

ARTHUR — Mais j'en sais rien moi… Je croyais qu'ils étaient trop durs, les autres coffres !

GAUVAIN *(OFF, manipulant un coffre)* — Peut-être que si je force dans ce sens-là…

Le coffre cède ; GAUVAIN hurle.

GAUVAIN *(OFF)* — Aaaaah ! Aaaah !

ARTHUR — Qu'est-ce qui se passe ? Qu'est-ce qui se passe ! Le coffre est piégé ?

GAUVAIN *(OFF)* — Une écharde ! Une écharde, mon oncle !

FERMETURE

5. INT. SALLE À MANGER – JOUR

Arthur déjeune de nouveau avec Léodagan, Séli et Yvain.

Arthur *(à Yvain)* — Dites-moi, Yvain... Maintenant que j'effectué une mission avec mon neveu, vous savez que vous et moi, on part quand vous voulez !

Yvain — Non, non mais c'est bon. J'ai pas hyper envie, finalement.

Séli — Ah bah, il a plus envie, maintenant !

Léodagan — Après ce qu'il nous a bassiné ?

Arthur — Enfin, Yvain, je comprends pas !

Ygerne — Gauvain, il est revenu, il s'était planté une écharde comme ça dans le doigt.

Silence des autres.

NOIR

Yvain *(over)* — N'empêche que, si ça s'infecte, on peut mourir, je vous ferai dire !

91
Le Sort Perdu

A. Astier

1. INT. CHAMBRE D'ARTHUR – NUIT

Arthur et Guenièvre sont au lit.

Guenièvre — Vous savez faire des tours de magie ?

Arthur — Bien sûr.

Guenièvre — Vous pouvez m'en faire un ?

Arthur *(sans jeu et sans arrêter de lire)* — Allez-y, tirez une carte.

Guenièvre — Comment ?

Arthur — N'importe laquelle, allez-y !

Guenièvre *(sans conviction)* — Ça y est…

Arthur — C'est laquelle ?

Guenièvre — Je sais pas moi… Le cinq de bâtons…

Arthur — Et voilà.

OUVERTURE

2. EXT. REMPARTS – JOUR

Arthur et Léodagan approchent.

Léodagan — J'ai l'impression qu'on se pèle un peu moins, ces temps-ci…

Arthur — Ouais, c'est pas impossible.

Léodagan — Non mais ça se radoucit, c'est sûr. Regardez, vous prenez l'année dernière à la même époque, eh ben, c'est pas compliqué, ça tombe quand c'est que j'avais voulu rentrer en Carmélide et que j'avais pas pu à cause de la neige.

Arthur — Mais non, pas du tout.

Léodagan — Quoi « pas du tout » ? Même que la grande porte était bloquée, qu'on avait envoyé des grouillots pour pelleter !

Arthur — Non mais je m'en souviens de la fois où il y avait de la neige mais c'était pas du tout à cette époque de l'année !

Léodagan — Ça fait un an. À deux-trois jours près.

Arthur — Mais non. Ça fait au moins deux mois de plus.

Léodagan — Ah non mais vous êtes quand même gonflé !

Arthur — À cette époque de l'année, il faisait plus frais, je suis d'accord, mais il y avait pas de neige.

Soudain, un intense flash blanc jaillit de nulle part, aveuglant les deux hommes qui aussitôt portent leurs mains à leurs yeux.

Arthur — Ah ! Bon Dieu, mais qu'est-ce que c'est que ça ?

Léodagan — Merde, j'y vois plus rien !

3. INT. LABORATOIRE DE MERLIN – JOUR

ARTHUR et LÉODAGAN sont venus se plaindre auprès de l'Enchanteur. Leurs yeux émettent une lumière continue, très vive, blanche pour ARTHUR, rose pour LÉODAGAN.

MERLIN — Non mais je vous explique…

ARTHUR — C'est ça, expliquez-nous ! Magnez-vous le tronc de nous expliquer !

MERLIN — D'habitude, je ferme toujours la fenêtre quand je travaille mais là, je suis désolé, je crevais de chaud !

LÉODAGAN — Je me demande vraiment ce qui me retient de pas vous faire couper les mains…

MERLIN — Je manipulais, je manipulais… Et boum !

ARTHUR ET LÉODAGAN — Boum quoi ?

MERLIN — Boum ! le sort est parti tout seul… Il se trouve que vous passiez devant ma lucarne juste à ce moment-là… C'est quand même pas de bol !

ARTHUR — Ah non, c'est pas de bol, en effet !

LÉODAGAN — Et qu'est-ce qu'on fait, nous, maintenant ? On monte un stand sur la place du marché ? En faisant passer le chapeau, on peut se faire un joli petit pactole !

ARTHUR — Remarquez, pour lire, c'est plutôt pratique ! Il faut voir le bon côté des choses !

LÉODAGAN — Le problème, c'est qu'aux prochaines chaleurs, on risque d'attirer les moustiques !

ARTHUR — Non et puis c'est bien, c'est discret. En balade, c'est passe partout.

LÉODAGAN *(à Arthur)* — Vous encore, c'est bien blanc ! Parce qu'alors moi, la couleur, pardon ! Dans le genre tantine, ça se pose là ! *(à Merlin)* Ça vient d'où, que c'est rose, pour moi ?

MERLIN — Ça prend pas forcément la même forme selon sur qui ça tombe… C'est un peu aléatoire.

LÉODAGAN — C'est ça. J'ai toujours eu du bol avec l'aléatoire, moi.

ARTHUR — Sans vouloir vous commander, ça vous ferait mal au cul de nous enlever ça ?

LÉODAGAN — Parce que c'est marrant cinq minutes mais curieusement, on s'en lasse plutôt vite.

MERLIN — Le problème, c'est qu'il faut que je fasse quelques recherches… Normalement, il fait pas ça, ce sort.

ARTHUR — Allons bon. Et il fait quoi ?

MERLIN — C'est un sort qui accélère la pousse des plantes.

LÉODAGAN — Ah bah, c'est réussi ! Regardez-moi ces jolis rameaux !

ARTHUR — Vous êtes vraiment un nul.

LÉODAGAN — Donc, combien de temps il faut qu'on poireaute ? Une heure ?

MERLIN — Heu, non. Plutôt genre une semaine.

4. INT. SALLE DE LA TABLE RONDE – JOUR

La réunion de la Table Ronde débute. ARTHUR et LÉODAGAN illuminent la rencontre de leurs yeux.

ARTHUR — Écoutez, je sais que c'est spécial mais on peut pas l'enlever. Alors essayez de faire abstraction et allons-y.

LÉODAGAN — C'est ça. Et je rajouterai que toute remarque désobligeante — notamment sur la couleur — est vivement déconseillée.

ARTHUR — Père Blaise, l'ordre du jour.

PÈRE BLAISE — La réunion d'aujourd'hui est consacrée à la mission nocturne de demain.

GALESSIN *(narquois)* — Je voudrais pas la ramener mais la mission nocturne de demain…

LÉODAGAN — Quoi… ?

GALESSIN — Ben elle m'a tout l'air d'être annulée !

ARTHUR — Annulée ? Et en quel honneur, je vous prie ?

BOHORT — C'est-à-dire qu'il s'agissait plus ou moins d'effectuer une manœuvre d'approche furtive…

CALOGRENANT — Ouais… J'ai l'impression qu'il y en a parmi nous qui seraient un peu à la rame sur le furtif…

ARTHUR — Bon bah, on reporte.

PÈRE BLAISE — Du coup, pour demain, j'ai rien.

GALESSIN — Il y en a qui pourraient se faire des sous en montant un petit stand sur la place du marché…

LÉODAGAN — On l'a déjà faite, celle-là.

FERMETURE

5. EXT. PLACE DU MARCHÉ – JOUR

ARTHUR est installé sur un stand. LÉODAGAN vient le rejoindre, tenant dans les mains un chapeau de toile.

ARTHUR — Alors ?

LÉODAGAN — Alors, il y a pas de quoi se payer un lait de chèvre !

ARTHUR — Et merde.

LÉODAGAN — Qu'est-ce que vous voulez… À l'autre bout du marché, il y a un type avec un chat qui parle.

NOIR

LÉODAGAN *(OVER)* — Vous pensez, les mecs, ils arrivent là, ils ont déjà donné !

92
La Restriction

A. Astier

3 CORS

1. INT. CUISINES – NUIT

Karadoc arrive dans la cuisine pour sa collation nocturne. Il commence à réunir quelques aliments et s'apprête à manger lorsqu'il reçoit un violent coup de planche à découper sur la main. Il hurle.

OUVERTURE

2. INT. CUISINES – NUIT

Karadoc s'explique avec Torri, la nouvelle intendante.

Karadoc *(se tenant la main)* — Qu'est-ce qui vous prend ? Vous êtes marteau ?

Torri — Je suis pas marteau, je suis ferme.

Karadoc — Mais attendez, je vous reconnais… Vous êtes la bonniche qui nettoie les piaules !

Torri — J'étais ! Il y a eu du changement.

Karadoc — Du changement ?

TORRI — De la promotion. Figurez-vous que je viens de passer intendante.

KARADOC — Ah bon. Vous êtes plus bonniche ?

TORRI — Disons qu'il y a bonniche et bonniche. Vous avez la connasse de base, sans avenir, sans ambition et puis vous avez l'intendante. Le haut du panier, si vous préférez.

KARADOC — Je sais même pas ce que c'est, une intendante.

TORRI — Ce que je peux vous dire, c'est que, d'après mes nouvelles consignes, par exemple, je suis responsable *(fort et articulé)* de la gestion des stocks de vivres !

KARADOC *(sans comprendre)* — Les stocks de vivres ?

TORRI — C'est moi qui garde le tas de bouffe ! Et je vous annonce tout net que les collations de deux heures du matin, vous pouvez faire une croix dessus !

3. INT. CUISINES – NUIT

KARADOC, profondément angoissé, essaie de convaincre TORRI.

KARADOC — Mais vous pouvez pas faire ça ! Il y a outrage !

TORRI — Outrage à quoi ?

KARADOC — Mais je suis Chevalier ! Vous avez pas le droit de m'interdire de bouffer !

TORRI — Je vous interdis pas de bouffer pendant les heures de repas ! Seulement, vous êtes un poil en avance. Le petit-déjeuner est servi dans six heures.

KARADOC — Six heures ? Mais comment voulez-vous que je tienne six heures ? Avec quoi ? Dans vingt minutes, je tombe dans les pommes !

TORRI — Rien ne vous empêche de vous constituer un stock personnel dans votre chambre avec des produits que vous achetez vous-même !

KARADOC — Oui mais là, pour cette nuit, j'ai rien prévu !

TORRI — Pas un croûton de pain ne sortira du stock en dehors des heures de préparation des repas.

KARADOC *(portant la main à sa tête)* — Ça y est, je vois trouble... C'est le manque de gras, je me dessèche !

ARTHUR ouvre la porte et entre.

ARTHUR — Mais qu'est-ce que c'est que ce bordel, là-dedans ?

KARADOC — Sire ! Enfin, vous arrivez pour me sauver !

ARTHUR *(arrivant à la table)* — Vous sauver de quoi ?

KARADOC — Mais de l'hypolipémie !

ARTHUR — De quoi ?

KARADOC — J'ai plus de gras dans le sang ! Je vais me mettre à peler et à perdre mes cheveux !

TORRI *(à Arthur)* — Mes hommages, Sire.

ARTHUR — Tiens... vous êtes pas la bonniche qui nettoie les piaules ?

TORRI — Comme j'expliquais au Seigneur Ka...

KARADOC *(la coupant)* — C'est cette machine-là qui s'est mis en tête de bloquer la bectance ! Faites quelque chose ou je bousille tout là-dedans !

TORRI — C'est une précaution militaire. En cas de siège, il faut pouvoir tenir un mois complet.

KARADOC — En cas de siège...

ARTHUR — Mais fermez-là Karadoc, deux secondes !

KARADOC — Mais il y en a pas, de siège, pauvre conne !

TORRI — Quoi ? Sire !

ARTHUR — Non mais ça va bien, ouais !

KARADOC *(à bout de nerfs)* — J'en ai rien à foutre ! Assassins ! Assassins ! Assassiiiiiiiiiiiins !

4. INT. CUISINES - NUIT

KARADOC mange du saucisson en silence. ARTHUR essaie de tempérer le zèle de TORRI.

ARTHUR — Non mais je vous reproche pas de faire votre boulot ! Mais la bouffe, c'est un sujet sensible. Surtout pour certains.

TORRI — Sire, moi, j'applique ce qu'on me dit d'appliquer. Je vous répète…

ARTHUR — Non mais c'est bon, vous allez pas me le répéter jusqu'à demain ! Je le connais le coup du siège.

TORRI — Si vous me dites que ça tient plus, ça tient plus !

ARTHUR — C'est pas que ça tient plus ! Évidemment qu'il faut faire attention, on sait jamais !

TORRI — Ah ! Vous voyez bien !

ARTHUR — Oui mais je sais pas si c'est un morceau de saucisson qui va faire la différence en cas de siège !

TORRI — Le Seigneur Karadoc se prépare quatre collations par nuit…

KARADOC *(sans la regarder, sans violence)* — Le Seigneur Karadoc, il t'emmerde.

TORRI — … chacune équivalente à un repas pour trois personnes. À ce rythme-là, c'est l'équivalent…

ARTHUR — Non mais je sais, je sais… mais Karadoc, c'est spécial.

TORRI — Moi, j'applique les cons…

ARTHUR *(dur)* — D'accord, on a compris, vous appliquez les consignes ! *(discrètement)* Alors, vous continuez de les appliquer mais pas pour le Seigneur Karadoc.

TORRI — Ah bon ?

ARTHUR — Voilà.

KARADOC *(à Torri)* — Eh ouais. Tu vois où tu peux te les carrer, tes consignes ?

FERMETURE

5. INT. CUISINES – NUIT

TORRI entre dans la pièce ; elle a entendu quelque chose.

TORRI — C'est vous, Seigneur Karadoc ?

LÉODAGAN *(en train de manger)* — Non, c'est le Seigneur Léodagan.

TORRI *(s'approchant)* — Qu'est-ce que vous faites ?

LÉODAGAN — Comment ça qu'est-ce que je fais ?

NOIR

LÉODAGAN *(OVER)* — Vous le voyez bien, je boulotte un bout de…

TORRI lui frappe violemment la main avec une planche à découper.

LÉODAGAN *(OVER)* — Ah !

93
La Corde

A. Astier

3 CORS

1. EXT. FORÊT – JOUR

Arthur, Lancelot, Léodagan et Calogrenant sont réunis au milieu d'un chemin. Ils tiennent une longue corde dans la main.

Arthur — Vous lâchez pas la corde, hein ! Cette forêt, c'est une vraie saloperie !

Léodagan — Ben quoi ? C'est une forêt !

Calogrenant — Non ! Elle est hantée ou maudite ou je sais plus quoi… En tout cas, il y en a un paquet qui en sont jamais revenus !

Lancelot — Il paraît qu'on s'y perd en moins de deux.

Arthur — Donc, on s'espace pour couvrir une plus grande surface mais on lâche pas la corde !

Léodagan — Comme ça, au lieu de se paumer chacun de son côté, on se paumera tous ensemble reliés par une corde…

OUVERTURE

2. EXT. FORÊT – JOUR

LANCELOT s'arrête près d'un arbre, tirant fortement la corde pour signifier l'arrêt. Il ne voit pas ses compagnons qui sont trop loin et doit porter la voix pour se faire entendre.

LANCELOT — Pause !

CALOGRENANT *(OFF)* — Quoi ?

LANCELOT — Pause !

CALOGRENANT *(OFF)* — Pour quoi faire ?

LANCELOT — Parce que j'en ai plein les bottes ! J'ai des épines dans les pieds !

Un temps.

CALOGRENANT *(OFF)* — Quoi ?

LANCELOT *(énervé)* — Je m'arrête cinq minutes !

CALOGRENANT *(OFF)* — Mais moi, ça continue de tirer vers l'avant !

LANCELOT — Eh ben prévenez !

CALOGRENANT *(OFF, à Arthur)* — Sire ! Il y a Lancelot qui avance plus !

Un temps.

CALOGRENANT *(OFF, à Lancelot)* — Arthur me demande pourquoi on s'arrête !

LANCELOT *(détachant chaque syllabe)* — J'ai des é-pines dans les pieds !

CALOGRENANT *(OFF)* — Sire ! Il a des épines dans les pieds !

Un temps.

CALOGRENANT *(OFF, à Lancelot)* — Il dit que c'est dangereux de s'arrêter !

LÉODAGAN *(OFF)* — Comment ça se fait que ça tire plus ?

LANCELOT *(à Léodagan, vers l'arrière)* — Je me suis arrêté ! J'ai des épines dans les pieds !

CALOGRENANT *(OFF)* — Bah c'est bon, j'ai compris !

LANCELOT soupire.

3. EXT. FORÊT - JOUR

FLASH BACK

CALOGRENANT marche dans la forêt. Tout d'un coup, on tire sur la corde vers l'arrière.

LANCELOT *(OFF, incompréhensible)* — Pause !

CALOGRENANT — Quoi ?

LANCELOT *(OFF)* — Pause !

ARTHUR *(OFF)* — Qu'est-ce qui se passe ?

CALOGRENANT *(à Lancelot)* — Pour quoi faire ?

ARTHUR *(OFF)* — De quoi « pour quoi faire » ?

LANCELOT *(OFF, incompréhensible)* — Parce que j'en ai plein les bottes ! J'ai des épines dans les pieds !

CALOGRENANT ne comprend pas. Il retient sa corde qui tire vers l'avant.

CALOGRENANT — Quoi ?

ARTHUR *(OFF)* — Mais quoi « quoi » ?

LANCELOT *(OFF, énervé)* — Je m'arrête cinq minutes !

CALOGRENANT — Mais moi, ça continue de tirer vers l'avant !

ARTHUR *(OFF)* — Évidemment que ça tire !

LANCELOT *(OFF)* — Eh ben prévenez !

CALOGRENANT *(à Arthur)* — Sire ! Il y a Lancelot qui avance plus !

ARTHUR *(OFF)* — Mais qu'est-ce qu'il fout, ce con ? On va pas passer la nuit là !

CALOGRENANT *(à Lancelot)* — Arthur me demande pourquoi on s'arrête !

LANCELOT *(OFF, détachant chaque syllabe)* — J'ai des é-pines dans les pieds !

CALOGRENANT — Sire ! Il a des épines dans les pieds !

ARTHUR *(OFF)* — J'en ai rien à foutre ! Il se lève et on avance !

CALOGRENANT *(à Lancelot)* — Il dit que c'est dangereux de s'arrêter !

Un temps.

ARTHUR *(OFF)* — Magnez-vous le fion de vous lever, c'est un ordre !

LANCELOT *(OFF, à Léodagan, vers l'arrière)* — Je me suis arrêté ! J'ai des épines dans les pieds !

CALOGRENANT — Bah c'est bon, j'ai compris !

4. EXT. FORÊT – JOUR

FLASH BACK

ARTHUR peine à avancer, retenu par sa corde qui le tire vers l'arrière.

CALOGRENANT *(OFF)* — Quoi ?

ARTHUR *(OFF)* — Mais qu'est-ce qui se passe ?

CALOGRENANT *(OFF)* — Pour quoi faire ?

ARTHUR *(OFF)* — Mais comment « pour quoi faire ? »

CALOGRENANT *(OFF)* — Quoi ?

ARTHUR — Mais quoi « quoi » ?

CALOGRENANT *(OFF)* — Mais moi, ça continue de tirer vers l'avant !

ARTHUR — Évidemment que ça tire !

CALOGRENANT *(OFF)* — Sire ! Il y a Lancelot qui avance plus !

ARTHUR — Mais qu'est-ce qu'il fout, ce con ? On va pas passer la nuit là !

CALOGRENANT *(OFF, à Lancelot)* — Arthur me demande pourquoi on s'arrête !

Un temps.

CALOGRENANT *(OFF)* — Sire ! Il a des épines dans les pieds !

ARTHUR — J'en ai rien à foutre ! Il se lève et on avance !

CALOGRENANT *(OFF, à Lancelot)* — Il dit que c'est dangereux de s'arrêter !

ARTHUR — Magnez-vous le fion de vous lever, c'est un ordre !

Un temps.

CALOGRENANT *(OFF)* — Bah c'est bon, j'ai compris !

FERMETURE

LÉODAGAN, à son tour, ne comprend plus la signification des mouvements de sa corde.

LÉODAGAN — Bah… Comment ça se fait que ça tire plus ?

LANCELOT *(OFF)* — Je me suis arrêté ! J'ai des épines dans les pieds !

LÉODAGAN — Hé ! J'ai le temps de pisser ou pas ?

À ses pieds, la corde file soudainement.

LÉODAGAN — La corde se tire, maintenant !

À son rythme, ARTHUR arrive, tirant la corde qui passe sur son épaule. Les deux hommes se retrouvent face-à-face.

NOIR

LÉODAGAN *(OVER)* — Ah non, c'est bon ! Elle est là !

94
Le Tourment II

A. ASTIER

3 CORS

1. INT. TAVERNE – JOUR

PERCEVAL et KARADOC boivent un verre.

KARADOC — C'est quand votre anniversaire, déjà ?

PERCEVAL — Je le dis pas.

KARADOC — Pourquoi ?

PERCEVAL — À l'époque, quand je le disais, tout le monde oubliait de me le souhaiter, ça me faisait pleurer. Ça m'a gonflé, j'ai arrêté.

OUVERTURE

2. INT. SALLE À MANGER – JOUR

ARTHUR déjeune avec PERCEVAL. Un peu hésitant, PERCEVAL se décide à rompre le silence.

PERCEVAL — Sire, on peut parler ou vous préférez manger calmement ?

ARTHUR *(sans le regarder)* — Parce que si on parle, forcément, je m'énerve ?

PERCEVAL — Ah non, j'en sais rien…

ARTHUR — Eh bah allez-y, on verra.

PERCEVAL *(gêné)* — De but en blanc comme ça, ça fait un peu bizarre… Vous allez trouver ça con !

ARTHUR — Oui mais je m'y attends.

PERCEVAL — Bon ben voilà. Vous savez, vous avez vachement bonne réputation chez les collègues Chevaliers.

ARTHUR — Ah oui ?

PERCEVAL — L'autre jour, je sais plus qui c'est qui disait : « Avec tout ce qu'on lui fait voir, il se débrouille quand même pour garder le moral ! »

ARTHUR — Ah oui, vous le savez, donc, que vous êtes une bande de branleurs ! Vous en discutez entre vous, même !

PERCEVAL — Non mais ce qui m'a fait tiquer, c'est le Seigneur Bohort qui disait que ce qui était impressionnant chez vous, c'était l'amour que vous nous portiez.

ARTHUR — Ouais, enfin, ça dépend des jours…

PERCEVAL — Moi je dirais plutôt que ça dépend qui.

ARTHUR — C'est-à-dire ?

PERCEVAL — Ben, justement… C'est ça qui me pose problème. Je suis le seul que vous aimez pas.

3. INT. SALLE À MANGER – JOUR

La discussion se poursuit.

PERCEVAL — Vous savez, je le prends pas mal, hein !

ARTHUR — Non mais pourquoi vous dites ça ? C'est complètement con !

PERCEVAL — Attendez… C'est remontrance sur remontrance, à chaque fois que j'ouvre la bouche vous levez les yeux au ciel…

ARTHUR lève les yeux aux ciel.

PERCEVAL — Tenez, voyez ?

ARTHUR — Je vous fais peut-être plus de remontrances parce que vous faites plus de conneries, aussi.

PERCEVAL — Tout le monde en fait, des conneries !

ARTHUR — Ah ouais, non mais, vous faites beaucoup plus de conneries que les autres. Et c'est pas peu dire !

PERCEVAL — Et c'est pour ça que vous m'aimez pas ?

ARTHUR — Mais arrêtez un peu, avec ça ! Qu'est-ce que c'est que cette nouvelle glanderie, encore ? Qu'est-ce que ça veut dire « je vous aime pas » ?

PERCEVAL — Quoi, c'est pas vrai, peut-être ?

ARTHUR — Mais absolument pas !

PERCEVAL — Vous m'aimez ?

ARTHUR — Mais… « Je vous aime… »

PERCEVAL — Oui ou non ?

ARTHUR — Mais j'en sais rien !

PERCEVAL — Si vous savez pas, c'est que c'est non…

ARTHUR — Mais enfin, vous avez une manière de présenter ça, aussi !

PERCEVAL — C'est pas compliqué, comme question !

ARTHUR — Non mais c'est compliqué comme réponse !

PERCEVAL — Encore une fois, je vous le reproche pas ! L'amour — ça, c'est un truc — ça se commande pas !

ARTHUR — Bon bah allez — comme ça, je verrai où vous voulez en venir —, mettons que je vous aime pas.

PERCEVAL — Ah bah voilà.

ARTHUR — J'ai dit « mettons » !

PERCEVAL *(avec évidence)* — Ben après, je fais les valises et je retourne au Pays de Galles.

ARTHUR — Ah, carrément ?

PERCEVAL — Ah bah ouais, je suis obligé… Parce que moi, je vous aime vachement, quand même. Alors, ces trucs-là, quand ça marche que dans un sens, c'est pas bien bon…

ARTHUR *(soupirant, à lui-même)* — Mais qu'est-ce qui peut bien se manigancer dans votre tronche pour vous pointer avec des idées pareilles… ?

PERCEVAL *(se levant)* — Sire, je peux pas faire mieux, là. Vous pouvez pas me blairer : je pars.

ARTHUR — Ah mais vous partez maintenant ? Ah d'accord, super. Asseyez-vous.

PERCEVAL — Mais Sire…

ARTHUR — Asseyez-vous ou vous mangez une tarte.

4. INT. SALLE À MANGER – JOUR

PERCEVAL s'est rassis et écoute le Roi.

ARTHUR — Où est-ce qu'ils mangent, les autres Chevaliers ?

PERCEVAL — Heu… À la salle de garde, je crois. Il y a Karadoc qui a préparé un petit frichti.

ARTHUR — Mmh. Et vous y êtes pas, vous ?

PERCEVAL — Ben non, je suis là.

ARTHUR — Ah. Et pourquoi vous êtes là ?

PERCEVAL — Ben, parce que vous m'avez invité !

ARTHUR — Et c'est la première fois ?

PERCEVAL — Non.

ARTHUR — Avec quel autre Chevalier je déjeune seul à seul ?

PERCEVAL — Ben… Je sais plus…

ARTHUR — Aucun.

PERCEVAL — Aucun ?

ARTHUR — Aucun. Vous êtes le seul.

PERCEVAL — Ah ? Mais… comment ça se fait ?

ARTHUR — Parce que j'ai envie. Une heure avant, je me dis toujours : « Je vais bouffer avec Perceval, ça me fait plaisir. »

PERCEVAL est sans voix.

ARTHUR — Ça vous la coupe, ça, hein ?

PERCEVAL — Un peu, oui.

ARTHUR — Par contre, quand je bouffe avec vous, je regrette. Ça, on est d'accord. *(saisissant sa coupe)* Arrivé au milieu du repas, j'ai toujours envie de vous éclater le crâne avec le tranchant de la coupe, là. *(entre les dents)* Pour que vous fermiez votre gueule une bonne fois pour toutes…

PERCEVAL ne sait que penser.

ARTHUR — Mais sinon… je vous aime.

FERMETURE

5. INT. SALLE À MANGER – JOUR

Arthur et Perceval sont dans les bras l'un de l'autre. Ils se parlent par-dessus leur épaule respective.

Arthur — Ça va ? Vous avez pas l'air à votre aise…

Perceval — Si, si… je profite. Parce que je me dis que ça va pas être tous les jours.

Arthur — Ah bah ça, je vous le confirme. Le coup du chantage affectif, une fois, pas deux.

Perceval — Donc, vous pouvez pas me supporter mais vous m'aimez…

Arthur — Voilà, c'est un peu ça.

Perceval — Remarquez, il y a les voisins de mes vieux, ils ont quatre fils, il y en a un, il est un peu attardé, eh ben, c'est leur préféré !

Arthur réfléchit.

NOIR

Arthur *(over)* — Ouais, maintenant que vous me le dites, peut-être que ça joue, ça, aussi…

95
Le Plat National

A. Astier

3 CORS

1. INT. CUISINES – NUIT

Karadoc et Léodagan mangent un morceau. Karadoc tient dans la main une tartine des plus sophistiquées.

Karadoc — Le sauc' de minuit, il y a pas à dire, il a pas le même goût. Je sais pas si c'est parce que tout est calme…

Léodagan — Qu'est-ce que c'est que ce merdier, que vous bouffez ?

Karadoc — Ça, c'est mon spécial « pleine lune ». Quatre rondelles de sauc' à chaque coin sur une tartine à la graisse de rôti.

Léodagan — Quel rapport avec la pleine lune ?

Karadoc — Ben… c'est nostalgique.

OUVERTURE

2. EXT. REMPARTS – JOUR

Guethenoc est venu rendre visite à Arthur.

GUETHENOC — Non mais vous comprenez, moi, si je fais ça, c'est pour la grandeur du pays !

ARTHUR — Holà, holà... Tout doux, ma belle. Emballez pas la jument.

GUETHENOC *(vexé)* — Vous savez combien je reçois de touristes par an, dans mon relais gastronomique ?

ARTHUR — Heu... votre relais gastronomique qui est sur la route côtière ?

GUETHENOC — Celui-là même !

ARTHUR — Ah, votre gourbi à clodos !

GUETHENOC — Un établissement exemplaire, Sire ! Non, là, c'est pas fair-play !

ARTHUR — Parce que parler de relais gastronomique pour une maison de passes à pêcheurs, vous trouvez ça fair-play ?

GUETHENOC — Bref ! Tous les touristes me demandent sans arrêt de leur servir le plat national.

ARTHUR — Le plat national ?

GUETHENOC — Voilà. Alors, j'ai l'air de quoi, moi ?

ARTHUR — Ben, j'en sais rien... C'est quoi, le plat national ?

GUETHENOC — Mais justement : il y en a pas !

ARTHUR — Il y en a pas ? Comment ça, il y en a pas ?

GUETHENOC — Vous en avez décrété un ?

ARTHUR — Pas que je sache, non.

GUETHENOC — Bah voilà, il y en a pas. Et on passe pour des cons.

ARTHUR soupire de lassitude.

GUETHENOC — C'est pour ça que je mets des bonnes femmes dans mon relais. Il faut bien rattraper le coup !

3. INT. SALLE DE LA TABLE RONDE – JOUR

Arthur a convoqué Guethenoc et Roparzh. Les paysans sont venus avec les produits de leur ferme.

Arthur — Alors, où il est, votre plat national ?

Guethenoc — Ah, le plat national, on l'a pas !

Roparzh — On vient déjà pour le concept.

Arthur — Le concept du plat national ?

Guethenoc — Il faut d'abord une bonne vue d'ensemble et après, rentrer dans le détail.

Arthur — Mais qu'est-ce que c'est, tout ce merdier que vous avez apporté ?

Guethenoc — Ah, commencez pas à être irrespectueux avec les produits régionaux, Sire !

Roparzh — Tout ce que vous avez sous le nez, c'est rien que de l'artisanal !

Arthur — Ah bah c'est pour ça que ça pue !

Guethenoc — Sire, là, attention. C'est toute la paysannerie bretonne, que vous insultez.

Roparzh — Dans la vie, il y a des choses où c'est qu'il faut faire attention à qu'est-ce qu'on dit.

Arthur — Quand vous la verrez, vous rappellerez à la paysannerie bretonne que c'est elle qui a le record du plus mauvais vin, du plus mauvais fromage, de la plus mauvaise viande…

Guethenoc — Oui bon bah ça va ! On le connaît, le couplet !

Roparzh — Vous avez des goûts de bourgeois !

ARTHUR — Vous devriez aller à Rome, juste une fois pour la curiosité… Les tomates sont rouges, les citrons sont jaunes, tout a du goût !

ROPARZH — Sauf que nous, on a pas de soleil ! On fait ce qu'on peut !

GUETHENOC — Avec ce qu'on a ! Et je vous signale en passant qu'on fait les meilleures pommes du monde !

ARTHUR — Eh ben le voilà votre plat national ! La compote !

GUETHENOC — Quoi ? Vous continuez de vous payer notre gueule ?

ROPARZH — Voilà trois semaines qu'on se creuse la bouilloire à trouver un concept avec le pain, le jambon, le fromage…

ARTHUR — Et alors, qu'est-ce que ça donne ?

GUETHENOC — On tourne vite en rond.

ARTHUR — Tartine de jambon, tartine de fromage. Vous avez trouvé autre chose ?

GUETHENOC — Ben, non.

ROPARZH — Si, il y a pain tout seul.

4. INT. SALLE DE LA TABLE RONDE – JOUR

ARTHUR et les paysans ont fait venir KARADOC.

ARTHUR — On bute, Karadoc.

KARADOC — Comment « on bute Karadoc » ?

ARTHUR *(accentuant la virgule)* — On bute, Karadoc.

GUETHENOC — On est sur un projet de plat national.

ROPARZH — Il nous manque le concept.

ARTHUR — Voilà les produits locaux. Je suis sûr que vous pouvez trouver quelque chose.

SLOW MOTION ON

KARADOC prend deux tranches de pain, recouvre l'une d'une tranche de jambon et l'autre d'une tranche de fromage puis superpose les deux tartines.

SLOW MOTION OFF

KARADOC — Voilà, dix minutes au four à pain.

ARTHUR — C'est génial. C'est simple, c'est inventif...

GUETHENOC — On devrait l'appeler le « Karadoc » !

KARADOC — Non, c'est trop long. Mes frères, il m'appellent « Kroc ».

ARTHUR *(le croque-monsieur en main)* — Le « Kroc », messieurs !

FERMETURE

5. INT. CUISINES – NUIT

KARADOC et LÉODAGAN prennent une collation. KARADOC vient de confectionner une tartine spéciale pour son compagnon.

KARADOC — Tenez. Du sur mesure !

LÉODAGAN — Comment voulez-vous que je bouffe ça, vous êtes dingue ?

KARADOC — Vous laissez pas impressionner par le volume. Concentrez-vous sur le sens.

LÉODAGAN — Le sens de la tartine ?

KARADOC — Allez. La première bouchée, c'est l'instinctive.

LÉODAGAN goûte.

LÉODAGAN — Il y a trop de trucs… J'arrive pas à reconnaître ce que je bouffe…

KARADOC — C'est pas normal…

NOIR

KARADOC *(OVER)* — Normalement, un casse-dalle à seize ingrédients, vous devez pouvoir discerner.

96
Le Temps Des Secrets

A. Astier

3 CORS

1. INT. COIN DU FEU – NUIT

Arthur et Lancelot se prélassent auprès du feu, sans mot dire.

Arthur *(amusé)* — Tiens, cette nuit, j'ai rêvé qu'il y en avait un qui essayait de me piquer ma femme.

Lancelot — Qui c'était ?

Arthur — Je sais plus. J'arrive pas à me souvenir.

Lancelot replonge son regard dans le feu. Arthur tourne la tête vers lui, le regarde puis regarde le feu. Lancelot tourne la tête vers le Roi et le regarde.

OUVERTURE

2. INT. COULOIRS – NUIT

Bohort tape à la porte de la chambre de Lancelot. Celui-ci vient ouvrir ; il est très endormi.

Lancelot — Seigneur Bohort ? Mais qu'est-ce qui se passe ?

BOHORT — Seigneur Lancelot ! Dieu merci, vous êtes réveillé.

LANCELOT — Bah c'est-à-dire que si vous tambourinez à ma porte, du coup, je suis réveillé…

BOHORT *(angoissé)* — Je me sens observé, Seigneur Lancelot. Épié de tous côtés dans ce château maudit ! On me veut du mal !

LANCELOT — Bohort, Dieu sait que rien ne me ferait plus plaisir que de vous rendre service…

BOHORT — Kaamelott est bourré jusqu'aux greniers d'individus menaçants qui marchent dans les couloirs au beau milieu de la nuit en quête d'un personnage emblématique à assassiner !

LANCELOT — Un personnage emblématique ?

BOHORT — À mon avis, ils visent notre bon Roi mais il est bien trop protégé ! Ils ont probablement décidé de se rabattre sur des Chevaliers de second plan… Dans notre genre !

LANCELOT — Seigneur Bohort, je pense que vous avez fait un mauvais rêve… Personne ne rôde dans les couloirs.

BOHORT — Si. J'en suis plus que certain. Seigneur Lancelot, je vous supplie de me croire, nous sommes en grand danger.

LANCELOT — Écoutez, Bohort, allez vous coucher ou entrez mais ne restez pas dans le couloir.

BOHORT — Vous me proposez d'entrer ?

LANCELOT — Oui, pourquoi ?

BOHORT — Quand je vais réveiller le Roi en pleine nuit pour l'informer d'un danger, il me claque la porte à la figure !

LANCELOT — Peut-être parce que ça vous arrive trop souvent…

BOHORT — Non, depuis avant-hier, c'était plutôt calme.

3. INT. CHAMBRE DE LANCELOT – NUIT

BOHORT et LANCELOT sont dans le même lit.

BOHORT — Ce n'est pas facile d'affirmer sa sensibilité dans un environnement où elle passerait à coup sûr pour de la faiblesse…

LANCELOT — Vous devez tout simplement choisir à qui vous vous autorisez à la dévoiler. Quelqu'un de confiance…

BOHORT — J'ai confiance en vous, Seigneur Lancelot. Quelque chose me dit que vous ne feriez jamais mauvais usage de ce que je pourrais vous confier.

LANCELOT — La confiance est une des choses les plus nobles au monde. Je suis flatté.

BOHORT — Vous savez quoi ? Afin de confirmer notre amitié, je vais vous confier un secret. Une chose que je n'ai jamais dite à personne, ni au Roi, ni à nos compagnons Chevaliers, personne à Kaamelott.

LANCELOT — Je vous écoute, Bohort.

BOHORT — Depuis tout ce temps, je me suis toujours arrangé pour que personne ne le remarque… C'est une chose si honteuse… À présent, le courage me manque…

LANCELOT — Je garderai votre secret, Bohort. Parlez sans crainte.

BOHORT — Eh bien voilà : je n'ai jamais reçu la moindre éducation militaire.

LANCELOT — Grands Dieux…

BOHORT — Aucune, entendez-vous ? Je suis à peine capable de tenir une arme ! Le peu que je sais ne m'est venu qu'à force d'observation ! Je n'ai jamais fait mes classes.

LANCELOT — Vous n'avez pas fait vos classes ?

BOHORT — Une honte, n'est-ce pas ?

LANCELOT — Bien au contraire, Seigneur Bohort... Se battre sans expérience des lames est une preuve de grand courage.

BOHORT — Merci de me comprendre, Seigneur Lancelot ! Rien que de vous avoir ouvert mon âme, je me sens déjà tellement mieux !

LANCELOT — Et je vous aiderai à récupérer votre retard. Nous nous organiserons nos petits entraînements clandestins.

BOHORT — Vous êtes trop bon. À présent, n'avez-vous pas vous-même un secret à me dévoiler ?

LANCELOT — Ma foi, rien de bien romanesque, j'en ai peur...

Les hommes restent quelques secondes silencieux.

LANCELOT — Si... Je suis amoureux de la Reine.

BOHORT est médusé par cette annonce.

4. EXT. PLACE DE LA CHAPELLE – JOUR

Arthur interpelle Lancelot qui passe.

Arthur — Seigneur Lancelot ? Je peux vous parler une minute ?

Lancelot — Bien sûr…

Arthur considère Lancelot avant de se lancer.

Arthur — Écoutez, Lancelot… je viens de parler à Bohort. Je crois qu'on a un problème, là.

Bohort — Vous voulez dire que… Bohort…

Arthur — Ben oui, voilà, je suis au courant.

Bohort *(d'une colère sourde)* — Lui qui avait juré de se taire ! Je vais l'égorger !

Arthur — Je vous en prie, c'est pas la peine de s'en prendre à Bohort.

Lancelot — Je suppose que vous allez me bannir de Kaamelott…

Arthur — Vous bannir ? Non ! Simplement, essayez de pas vous montrer tous les deux.

Lancelot — Je ne comprends pas, Sire.

Arthur — Bon, je sais que Bohort a dormi dans votre chambre, je ne veux pas savoir ce que vous avez foutu tous les deux, simplement, faites en sorte que ça ne se sache pas.

Lancelot — Ah mais c'est ça ! Ah mais non je croyais que vous parliez de…

Arthur — De quoi ?

Lancelot — De rien.

FERMETURE

5. INT. COULOIRS – NUIT

Bohort tape à la porte de la chambre de Lancelot.

Bohort — Seigneur Lancelot, ouvrez-moi !

Lancelot *(off)* — N'insistez pas, Seigneur Bohort… Je suis les directives du Roi !

Bohort — Seulement quelques minutes, il me tarde tellement de m'entretenir avec vous de qui vous savez !

NOIR

La porte s'ouvre.

Lancelot *(over)* — Quelques minutes, pas plus.

97
La Conscience D'Arthur

A. Astier

3 CORS

1. INT. COIN DU FEU – NUIT

Perceval est assis près du feu. Arthur vient le rejoindre.

Arthur — Je vous dérange pas ?

Perceval — Allez-y, Sire.

Arthur sourit ; Perceval lui répond avec fierté.

Arthur — Il paraît qu'aujourd'hui, vous étiez à deux doigts d'un indice capital sur l'emplacement du Graal…

Perceval — Ouais, c'est vrai.

Arthur — Et il paraît aussi que vous avez tout foiré et qu'on peut plus rien y faire…

Perceval — Ouais, ouais, c'est vrai.

Arthur — Vous voulez m'en parler un peu ?

OUVERTURE

2. INT. COIN DU FEU – NUIT

PERCEVAL s'est lancé dans une de ses explications dont il a le secret. ARTHUR fait ce qu'il peut pour ne pas craquer.

PERCEVAL — Moi, au bout d'un moment, je veux bien faire des tas de choses, mais il faut être un minimum précis ! Le vieux me dit : « Tu feras vingt lieues vers le Nord pour atteindre les Plaines de la Perdition. »

ARTHUR — Pourtant, moi, ça me semble clair…

PERCEVAL — Non mais parce que là, je vous le fais à ma sauce ! Déjà, il m'a tout mis dans le désordre, ce vieux con. Exactement, il m'a dit : « Gna-gnagna les Plaines de la Perdition, vingt lieues vers le Nord, tu feras. » Vous allez pas me dire !

ARTHUR — Ça change pas tellement le sens !

PERCEVAL — Bah si, c'est ce que je vous dis, il m'a changé le sens.

ARTHUR — Non mais ça change pas le sens de la phrase…

PERCEVAL — Bah si. Il m'a fait la phrase, mais c'était pas dans le bon sens !

ARTHUR *(en colère)* — Bon écoutez ! La seule chose que je vois, moi, c'est que vous avez encore laissé passer une belle occasion d'en savoir plus sur le Graal !

PERCEVAL — Ouais mais après, je l'ai perdu, le vieux…

ARTHUR — Non taisez-vous ! Vous êtes un naze, c'est tout. Allez vous coucher, je veux plus vous voir.

PERCEVAL se lève, penaud, et s'en va.

3. INT. COIN DU FEU – NUIT

Arthur est resté seul, fixant le feu. Dans le fauteuil resté vide, sa conscience apparaît, en tout point pareille à lui mais fantomatique, éthérée.

Arthur *(soupirant)* — Quoi ?

La conscience ne dit rien.

Arthur — Quoi ?

La conscience d'Arthur — Rien ! J'ai rien dit !

Arthur — Je peux plus le supporter. Je suis désolé, c'est physique. Je préfère qu'il se barre parce qu'il va s'en prendre une.

La conscience d'Arthur — Non mais après, vous gérez comme vous pouvez, c'est sûr… Vous êtes pas patient, vous êtes pas patient…

Arthur — Un renseignement capital ! Si cet abruti savait trouver le Nord, le Graal, je dormirais peut-être avec, ce soir !

La conscience d'Arthur — Non mais c'est sûr. Là, à mon avis, il a bien compris la leçon ! Ça m'étonnerait qu'il dorme, d'ailleurs… Triste qu'il doit être de vous avoir encore déçu…

Arthur — Bon, c'est bon ! Où est-ce que vous voulez en venir, exactement ?

La conscience d'Arthur — Perceval, c'est comme un gamin. Et qu'est-ce que c'est, la plus grande peur des gamins ?

Arthur — J'en sais rien, moi… L'Ogre des Collines… La soupe de poissons…

La conscience d'Arthur — Être abandonnés. Et pour pas être abandonnés, ils sont obligés de correspondre à ce que leurs parents leur disent qu'ils sont.

ARTHUR — J'ai rien compris…

LA CONSCIENCE D'ARTHUR — Perceval, vous n'arrêtez pas de lui dire que c'est un nul. S'il veut que vous continuiez à le reconnaître, il est obligé d'en être un. Quelque part, ça le rassure.

ARTHUR — Ça le rassure d'être un nul ?

LA CONSCIENCE D'ARTHUR — Tant que vous lui dites qu'il en est un, oui.

ARTHUR — Eh bah, elle est pas mal, celle-là…

LA CONSCIENCE D'ARTHUR — Attention, je vous cause subconscient, là, hein ! Prenez pas ça au pied de la lettre…

ARTHUR — Non mais je rêve… Je me farcis le pire con du monde britto-romain mais c'est bon, c'est ma faute… J'avais qu'à pas lui dire.

LA CONSCIENCE D'ARTHUR — On peut pas parler.

4. INT. COIN DU FEU – NUIT

ARTHUR et PERCEVAL sont de nouveau réunis.

PERCEVAL *(vivement)* — Je l'ai toujours dit ! Il faut arrêter avec ces conneries de Nord, de Sud et de je sais pas quoi ! Une fois pour toutes, le Nord, selon comme on est tourné, ça change tout !

ARTHUR peine à ne pas exploser.

PERCEVAL — De toute façon, le vieux, si je lui retombe dessus, il mange un marron ! Ça, c'est obligé !

ARTHUR *(se forçant)* — Non mais déjà, c'est bien, vous aviez trouvé une piste.

PERCEVAL — Qu'est-ce que vous dites, Sire ?

ARTHUR — Vous avez pas pu donner suite, c'est pas grave. Vous aviez une piste.

PERCEVAL — Mais… Sire, j'ai quand même tout foiré !

ARTHUR *(prenant sur lui)* — Non. Vous êtes tombé sur une personne peu précise qui utilise des termes fluctuants comme les points cardinaux…

PERCEVAL — Quels cardinaux ?

ARTHUR — Le Nord et le Sud…

PERCEVAL — Ah mais c'est de là que ça vient, le nom ? C'est des cardinaux ?

ARTHUR — Bref. En tout cas, vous être un grand Chevalier.

PERCEVAL s'évanouit.

FERMETURE

5. INT. COIN DU FEU – NUIT

ARTHUR a rassis PERCEVAL sur son siège. Il lui tapote le visage en le rassurant.

ARTHUR — Vous êtes un gros nul. D'accord ? Un vrai gros naze ! Ça va mieux ?

PERCEVAL — Je sais pas ce qui s'est passé, j'ai vu tout blanc… Et après, tout noir, et après de nouveau mais deux fois.

ARTHUR — Voilà, respirez.

PERCEVAL — Qu'est-ce vous disiez, Sire ?

ARTHUR — Que vous étiez daubé.

PERCEVAL — Ah bon.

NOIR

ARTHUR *(OVER, paternel)* — Voilà. Vous arriverez jamais à rien.

98
La Frange Romaine

A. ASTIER

3 CORS

1. INT. TENTE DU QUARTIER GÉNÉRAL – JOUR

ARTHUR parcourt un parchemin tout en se faisant couper les cheveux par CAIUS, sous la surveillance de PERCEVAL.

CAIUS *(à Arthur)* — Arrêtez de bouger sans arrêt, sans ça, on va jamais y arriver !

ARTHUR — Mais ça dure des plombes !

CAIUS — Ça dure des plombes parce que vous bougez !

PERCEVAL — Je sais pas comment vous faites… Moi, ça me rend dingue de me faire couper les cheveux.

ARTHUR — Sans vouloir vous vexer, ça se voit ! Vous comptez vous faire descendre la tignasse jusqu'où, au juste ?

PERCEVAL — J'ai décidé de plus les couper. Je me lance.

ARTHUR — Vous vous lancez dans quoi ?

PERCEVAL — Ben dans le cheveu vraiment long.

CAIUS — Vous êtes sûr ? Parce que, tant que j'y suis, je pourrais peut-être vous rafraîchir la nuque juste après ?

PERCEVAL — Me rafraîchir la nuque ? Quel rapport avec les cheveux ?

OUVERTURE

2. INT. TENTE DU QUARTIER GÉNÉRAL – JOUR

ARTHUR jette un regard au sol, au pied de sa chaise.

ARTHUR — Hé… qu'est-ce que c'est les machins noirs par terre ?

CAIUS — Les machins noirs ? Quoi, les cheveux ?

ARTHUR — Quoi « les cheveux » ?

CAIUS — Ben c'est les vôtres !

ARTHUR — Les miens ? Mais vous vous foutez de moi ! Passez-moi un miroir !

CAIUS tend un miroir à ARTHUR. Celui-ci se regarde et découvre sa nouvelle coupe de cheveux : courte, très courte.

ARTHUR *(choqué)* — Ah ! Mais c'est pas vrai ! Qu'est-ce que vous avez foutu ?

CAIUS — Mais quoi, qu'est-ce qu'il y a ?

ARTHUR — Mais vous avez tout viré, espèce de marteau ! On avait dit qu'on égalisait un peu les pointes !

PERCEVAL *(satisfait de ce qu'il voit)* — Non mais c'est pas mal égalisé, là…

CAIUS — Attendez, c'était n'importe quoi ! À peine j'égalisais à gauche qu'il fallait égaliser de nouveau à droite ! À force, ça fait court, c'est sûr !

Perceval — C'est court mais c'est bien égalisé.

Arthur — Égalisé… mais regardez-moi cette tête de con que vous m'avez faite ! On dirait vous !

Caius — Ah bah non, moi, c'est plus long ! Il faut pas exagérer !

Perceval — Il me semble que ça fait plus jeune.

Arthur — Mais ça fait plus jeune… Ça fait romain, oui, c'est surtout ça !

Caius — Oui, ça fait romain. En même temps, c'est moi qui coupe : il y avait quand même peu de chance que ça fasse perse !

Arthur — Non mais moi, ce qui m'emmerde, c'est surtout que ça fait pas breton ! Regardez-moi ça, on dirait un Décurion qui sort de la caserne !

Perceval — Moi, je les ai eus pendant des années, les cheveux courts.

Arthur — Mais on s'en fout !

Caius — Ho mais au bout d'un moment, en quoi ça pose un problème, que ça fasse romain ? Vous êtes fédéré par Rome, vous pouvez bien avoir une coupe romaine !

Perceval — En fait, dès que j'ai eu dix ans, hop ! Cheveux courts !

Arthur — La ferme !

Caius — Vous avez honte de vos origines, c'est ça ?

Arthur — Mais j'ai pas des origines romaines ! Et puis les cheveux longs, dans le coin, c'est quand même plus ou moins un signe de pouvoir ! Regardez-moi ça, on dirait un petit poussin !

CAIUS — Dans le coin, ils ont des goûts de péquenauds, c'est tout. Je suis désolé, le cheveu court, ça vous va mieux.

ARTHUR — Mais la question n'est pas là !

PERCEVAL — Quand j'étais môme, alors là, oui, j'avais les cheveux longs…

ARTHUR — Vous allez la boucler, oui ?

PERCEVAL — Seulement tout le monde m'appelait Perciflette, ça me faisait pleurer…

ARTHUR — Zuuuut !

PERCEVAL — Du coup, à dix ans, tac ! Ratiboisé !

CAIUS — De toute façon, maintenant, c'est fait ! Les cheveux, ils sont par terre, on va pas vous les recoller sur la tronche !

ARTHUR *(se mirant)* — Non mais non, c'est pas possible, je peux pas rester comme ça, on dirait un de mes larbins…

CAIUS — Mais vous avez l'épée, là… truc…

ARTHUR — Excalibur.

CAIUS — Ouais. C'est bon, avec ça, les gens repèrent à peu près qui vous êtes, non ?

PERCEVAL — Vers quinze ans, je me suis fait un genre de crête à la barbare, bien rasé sur les côtés…

ARTHUR — Non, je peux pas me pointer comme ça à la Table Ronde, c'est pas possible !

CAIUS — Vous avez pas les casques, à la Table Ronde ?

ARTHUR — Non.

PERCEVAL — Sauf que ma grand-mère, elle m'a pas reconnu. Elle a lâché les chiens…

ARTHUR — Je vais quand même pas me mettre des faux cheveux…

CAIUS — Vous avez qu'à dire que c'est la nouvelle loi. Tout le monde cheveux courts…

PERCEVAL — Les chiens non plus, ils m'ont pas reconnu…

CAIUS — Et votre pote, là… le grand…

ARTHUR — Quel grand ?

CAIUS — Le magicien…

ARTHUR — Merlin ? C'est pas mon pote. C'est même pas un magicien…

CAIUS — Il a rien pour faire pousser les cheveux ?

PERCEVAL — C'est passé à ça de la quiquette ! J'ai encore la cicatrice…

FERMETURE

3. INT. TENTE DU QUARTIER GÉNÉRAL – JOUR

ARTHUR essaye toute une série de chapeaux que CAIUS lui tend.

ARTHUR — Non, ça, c'est pas possible.

CAIUS — Soyez pas trop difficile non plus !

ARTHUR — Non mais là, c'est pas possible, c'est tout ! Vous voyez bien !

PERCEVAL — Mais avant, il y en avait un qui était mieux…

CAIUS — Avant ? Lequel ?

ARTHUR — Ils étaient tous zéro, de toute façon.

CAIUS *(un chapeau en main)* — Celui-là ?

PERCEVAL — Ouais, je crois.

ARTHUR essaie le chapeau, particulièrement ridicule.

PERCEVAL — Ouais voilà.

ARTHUR — Non mais, vous croyez peut-être que je vais porter ça tous les jours ?

PERCEVAL — Ah mais c'est pour le porter tous les jours ?

NOIR

PERCEVAL *(OVER)* — Je croyais que c'était pour faire une blague à quelqu'un…

99
L'Orateur

A. Astier

3 CORS

1. INT. SALLE DU TRÔNE – JOUR

Guethenoc, affolé, est venu trouver le Roi et Léodagan.

Guethenoc — Non mais c'est pas compliqué ! Les attaques saxonnes, dans pas longtemps, il y en aura une par semaine ! Vous comptez faire quelque chose où on attend qu'ils aient génocidé la moitié de la communauté paysanne ?

Arthur — Écoutez, tout ce qu'on peut vous dire, c'est qu'on maîtrise la situation.

Léodagan *(sceptique)* — On maîtrise, on maîtrise…

Arthur — Quoi, qu'est-ce qu'il y a ?

Léodagan — Je sais pas, on se prend raclée sur raclée… vous dites « on maîtrise », moi je cherche !

Guethenoc — Vu de chez nous, en tout cas, vous maîtrisez que dalle !

Arthur — Je veux dire… on gère.

Léodagan *(sceptique)* — On gère, on gère…

GUETHENOC — Qu'est-ce que vous gérez ? Tout est cramé, personne sort plus le nez dehors !

ARTHUR *(las)* — Ça nous préoccupe. Voilà.

LÉODAGAN — Ouais, ça ouais, à la limite.

OUVERTURE

2. INT. SALLE DE LA TABLE RONDE - JOUR

ARTHUR est en réunion avec LANCELOT et PÈRE BLAISE.

LANCELOT — Les paysans sont en colère, Sire. C'est pas une blague !

PÈRE BLAISE — Moi, je vous le dis : ça sent la révolte.

LANCELOT — Essayez de vous mettre un peu à leur place…

ARTHUR — Ah non, merci bien. Sans façon.

LANCELOT — Ils ont déjà pas une vie facile, les attaques incessantes par-dessus le marché, ils en peuvent plus.

ARTHUR — Est-ce qu'on est sûrs qu'ils exagèrent pas un peu ?

PÈRE BLAISE — Bah, les Saxons c'est quand même bien leur truc, de s'en prendre aux paysans.

LANCELOT — Avancer jusqu'à la forteresse, ils osent encore pas trop mais les fermes alors là, c'est la fête !

PÈRE BLAISE — Ils crament les cultures, ils bousillent les vaches…

ARTHUR — Ils bousillent les vaches ?

LANCELOT — Ils bousillent tout ce qu'ils trouvent : les vaches, les brebis… même les poules !

PÈRE BLAISE — C'est des gros cons, les Saxons, il faut pas croire !

ARTHUR — Oh non mais ça, je sais.

LANCELOT — On va essayer d'organiser une défense un peu plus efficace mais vous, de votre côté...

PÈRE BLAISE — Ouais... vous éviterez pas un petit discours...

ARTHUR *(soupirant)* — Ça me gonfle les discours au peuple...

LANCELOT — Oui mais là, ils croient qu'on se fout d'eux, il faut qu'ils nous entendent.

PÈRE BLAISE — Par contre, dites pas trop de conneries parce qu'ils sont à cran.

LANCELOT — Ouais... et comme ils vont bien être cinq mille devant la tribune...

PÈRE BLAISE — Préparez bien le truc, surtout.

ARTHUR — Vous me prenez pour un manche.

PÈRE BLAISE *(souriant)* — Et sortez Excalibur, à la fin. Ça impressionne toujours bien.

3. EXT. TRIBUNE - JOUR

À la tribune, ARTHUR est entouré de quelques figures du gouvernement, LANCELOT, CALOGRENANT mais aussi YVAIN et GAUVAIN. Le Roi prend la parole. Quand il se présente, le peuple l'acclame. De la main, il demande le silence.

ARTHUR — La situation est préoccupante. Les attaques incessantes de ces dernières semaines... *(pris d'un doute)* Vous savez ce que ça veut dire « préoccupante » ou pas ?

Une rumeur monte de l'assistance.

ARTHUR — Non mais dites-le, il y a pas de honte ! « Préoccupante », ça veut dire qu'il y a de quoi se faire des cheveux... du souci !

La rumeur s'estompe.

ARTHUR *(répétant pour retrouver le fil)* — ... préoccupante. Les attaques incessantes de ces dernières semaines nous ont laissés passablement affaiblis.

La rumeur monte à nouveau.

ARTHUR *(se retournant vers Lancelot)* — Eh ben quoi, qu'est-ce que j'ai dit ?

LANCELOT — C'est un peu chaud pour eux, là.

ARTHUR *(sans comprendre)* — Quoi, « passablement affaiblis » ?

LANCELOT — C'est un tout...

YVAIN — Moi non plus, j'ai rien pigé...

GAUVAIN — Moi, ça va mais j'ai de nouveau oublié pour « préoccupantes »...

ARTHUR *(reprenant son discours)* — Nous allons contre-attaquer ! Et nous allons contre-attaquer fort ! Le mal sera coupé à la racine !

GAUVAIN — J'aurais dit « à la source », moi.

YVAIN — La source sera coupée à la racine ?

GAUVAIN — Non...

ARTHUR *(le coupant)* — Vous pouvez fermer vos gueules ?

LANCELOT — Sire, abrégez ! Faites un effet de manches et partons !

CALOGRENANT — Ouais, parce que si ça s'énerve en face, on va pas se la jouer, je vous préviens !

ARTHUR *(reprenant son discours)* — Vous avez peur pour vos frères ! Vous avez peur pour vos femmes ! Pour vos enfants ! Je vous promets à tous que les Saxons vont apprendre qu'ils ne sont pas chez eux sur l'île de Bretagne ! Et s'ils ne l'entendent pas, je m'occuperai de leur déboucher les oreilles avec ça !

Il dégaine Excalibur. La foule l'acclame. Il se retourne vers ses compagnons.

ARTHUR — C'est quand même pas des flèches...

FERMETURE

4. INT. SALLE DE LA TABLE RONDE – JOUR

ARTHUR est de nouveau en discussion avec LANCELOT et PÈRE BLAISE.

ARTHUR — J'aime pas leur raconter des conneries, je suis pas là pour ça.

LANCELOT — Oui mais, de l'autre côté, on agit !

PÈRE BLAISE — C'est pas comme si on les enfumait !

ARTHUR — Ça me tue que ça marche, le coup de l'épée en l'air.

PÈRE BLAISE — Ils sont fiers de leur souverain. Vous allez pas leur enlever ça ?

LANCELOT — Le moral est une arme de guerre, Sire. Vous le savez bien. D'ailleurs, il faut que vous veniez parler aux soldats pour les encourager avant qu'ils partent.

PÈRE BLAISE — Oubliez pas de sortir Excalibur à la fin, ça les impressionne.

Arthur soupire.

NOIR

Arthur *(over)* — Eux non plus, c'est pas des flèches !

100
Les Comptes

A. Astier

3 CORS

1. EXT. TRIBUNE – JOUR

La foule hue Lancelot *qui a pris la parole à la tribune. Derrière lui,* Arthur *et* Calogrenant *sont assis.*

Lancelot *(à la foule)* — S'il vous plaît ! S'il vous plaît !

La plainte s'estompe.

Lancelot — Si nous en sommes aujourd'hui réduits à exiger ce nouvel impôt, ce n'est pas par cruauté ! Kaamelott se trouve dans la nécessité de faire appel à la communauté paysanne de Bretagne pour un projet capital.

Lancelot*, pris d'un doute, s'adresse au Roi.*

Lancelot *(à Arthur)* — C'est pourquoi, déjà ?

Arthur — Pourquoi quoi ?

Lancelot — Pourquoi est-ce qu'on a besoin de fonds ?

Arthur — Parce qu'on est raides !

Lancelot — Non mais il y avait pas un autre truc ? Vous vouliez pas construire je sais pas quoi ?

ARTHUR — Ah non non, on construit rien du tout.

LANCELOT *(convenant)* — Je croyais.

CALOGRENANT *(à Lancelot)* — Oubliez pas de leur dire que ceux qui payent pas seront pendus !

LANCELOT — Ah oui… *(exigeant le silence, à la foule)* Encore une petite chose…

OUVERTURE

2. INT. SALLE DE LA TABLE RONDE – JOUR

ARTHUR et LANCELOT sont en conversation avec PÈRE BLAISE.

PÈRE BLAISE — Si ça vous gonfle, on peut parler d'autre chose, hein !

LANCELOT *(lassé)* — C'est pas ça mais vous venez trois fois par semaine pour nous parler d'argent ! C'est devenu une manie !

ARTHUR — Vous êtes inquiet, toujours inquiet… Le pognon, ça rentre, ça sort, c'est jamais bien grave !

PÈRE BLAISE — Sauf que le nôtre, il sort mais il rentre pas. Du coup, je pense que ça vaut le coup de s'inquiéter.

ARTHUR — « Il rentre pas… » Entre les impôts, les tributs et les trésors de quêtes, venez pas me dire qu'il rentre pas !

PÈRE BLAISE — Les trésors de quêtes ?

LANCELOT — Rien que le bracelet que j'ai rapporté de la Cave du Roi Félon — un bracelet en or *(avec ses mains)* large comme ça —, vous allez pas me dire que ça vaut rien !

PÈRE BLAISE — Mais il est où, ce bracelet ?

LANCELOT — Dans la salle des coffres !

PÈRE BLAISE — Dans la salle des coffres ? Mais qui l'y a mis, dans la salle des coffres ?

LANCELOT *(agacé)* — Je sais plus ! Le Seigneur Léodagan, il me semble... On avait fait sac commun avec les autres bijoux.

PÈRE BLAISE — Ah ouais, non mais, si vous descendez des trucs sans me le dire, je vais avoir du mal à me faire une idée, c'est sûr !

ARTHUR — Attendez une seconde... *(à Lancelot)* C'est Léodagan qui a descendu le sac ?

LANCELOT — Je suis pas sûr mais il y a pas de raison... c'est toujours lui qui descend tout. *(dans un mouvement)* Oh et puis j'en ai marre ! Je risque ma vie pour ramener des richesses et personne sait où elles sont ! *(à Arthur)* Qu'est-ce qui va se passer le jour où on mettra la main sur le Graal ? On va le perdre aussi ?

ARTHUR — Hé, ça va, ouais ? J'y suis pour quelque chose, moi, à votre histoire de bracelet ? Vous n'avez qu'à vous occuper de vos affaires vous-même au lieu de les confier à Léodagan !

LANCELOT — J'ai confiance !

ARTHUR — En Léodagan ? Eh ben, vous êtes pas futé !

3. INT. SALLE DU TRÉSOR – JOUR

ARTHUR, LÉODAGAN et PÈRE BLAISE sont face aux coffres. Les richesses s'entassent en désordre sur le sol, en petits monticules.

LÉODAGAN — Eh ben ? Il y en a bien, du blé !

PÈRE BLAISE *(le doigt en l'air)* — Attention, « Tout ce qui brille n'est pas de l'or ! »

Léodagan *(sans comprendre, désignant les coffres)* — C'est pas de l'or, ça ?

Père Blaise — Si… Non mais c'est pour dire qu'il faut pas se fier aux apparences. Il y a pas tant de blé que ça.

Arthur — Bon et le bracelet, il est où ?

Léodagan — Quel bracelet ?

Arthur — Celui que vous a confié Lancelot.

Léodagan — Lancelot m'a confié un bracelet ? Première nouvelle !

Père Blaise — En tout cas, il a pas l'air d'être là !

Léodagan — Parce que vous voyez ça d'un coup d'œil, vous… Chapeau ! Je croyais que ça rendait bigleux, d'écrire…

Père Blaise — Il est pas dans mon inventaire…

Léodagan — Vous allez peut-être me faire croire qu'il est à jour, votre inventaire !

Père Blaise *(déstabilisé)* — Heu… À peu de choses près, oui.

Léodagan — Mais vous savez pas combien il y a et puis c'est tout ! Vous pleurnichez du soir au matin, soi-disant qu'il y a pas un rond…

Arthur *(le coupant)* — Ça change pas le coup du bracelet, ça.

Léodagan — Non mais vous allez me gonfler jusqu'à quand avec votre bracelet ? Je vous dis que je l'ai jamais vu !

Père Blaise *(hautain)* — Il y a pas que le bracelet, il y a le reste aussi.

Léodagan — Quel reste ? Attention hein, je sais pas ce que vous me faites mais j'ai pas une tête à chapeaux, je vous préviens !

Père Blaise — On vous accuse pas…

Arthur — Non mais ça pourrait venir… *(à Léodagan)* C'est pas vous qui descendez les sacs aux retours de quêtes ?

Léodagan — Ça m'arrive, oui et alors ?

Arthur — Et alors, vous descendez tout le sac ou vous faites une pause au milieu de l'escalier pour faire le tri ?

Léodagan *(outré)* — Quel tri ?

Arthur — Ben, entre les trucs que vous me laissez et ceux que vous vous mettez dans les fouilles !

Léodagan *(hurlant)* — Non mais c'est pas croyable d'entendre ça !

Père Blaise — On va peut-être se calmer…

Léodagan — Des bracelets, je peux m'en payer deux cents si j'ai envie !

Arthur — Eh ben, en plus de ceux que vous me piquez, vous aurez de quoi ouvrir une boutique !

Les deux hommes s'empoignent.

FERMETURE

4. EXT. FORÊT – JOUR

Lancelot arrive près d'une cache dont il extirpe — après avoir vérifié que personne ne l'épie — un sac de toile. Dénouant le paquet, il met à jour un petit butin de bijoux et de pierres précieuses. Il sort de son habit un magnifique bracelet en or, de belle taille, qu'il examine avant de le joindre à son magot. Il range le tout et dissimule les traces de manipulation.

CALOGRENANT *(OFF, au loin)* — Seigneur Lancelot ?

LANCELOT lève la tête.

NOIR

LANCELOT *(OVER)* — J'arrive ! J'arrive !

9987
Composition
IGS-CP

Achevé d'imprimer en Slovaquie
par NOVOPRINT SLK
le 14 mai 2012.

Dépôt légal mai 2012.
EAN 9782290034811
L21EPGN000353N001

ÉDITIONS J'AI LU
87, quai Panhard-et-Levassor, 75013 Paris
Diffusion France et étranger : Flammarion